炉边独语

袁昌英散文精选

袁昌英　著

泰山出版社·济南·

图书在版编目（CIP）数据

袁昌英散文精选 / 袁昌英著. -- 济南：泰山出版
社，2024.1
（炉边独语）
ISBN 978-7-5519-0801-6

Ⅰ.①袁…　Ⅱ.①袁…　Ⅲ.①散文集—中国—现
代　Ⅳ.①I266

中国国家版本馆CIP数据核字（2023）第094797号

LUBIAN DUYU　YUANCHANGYING SANWEN JINGXUAN

炉边独语：袁昌英散文精选

责任编辑　徐甲第
装帧设计　路渊源

出版发行　泰山出版社
　　　社　　址　济南市泺源大街2号　邮编　250014
　　　电　话　综 合 部（0531）82023579　82022566
　　　　　　　出版业务部（0531）82025510　82020455
　　　网　　址　www.tscbs.com
　　　电子信箱　tscbs@sohu.com
印　　刷　山东通达印刷有限公司
成品尺寸　150 mm×230 mm　16开
印　　张　12
字　　数　151千字
版　　次　2024年1月第1版
印　　次　2024年1月第1次印刷
标准书号　ISBN 978-7-5519-0801-6
定　　价　39.00元

凡　例

一、本书收录了作者的散文经典文章或片段节选，主要展现了作者的学术历程、情感操守，以及当时的时代风貌等。

二、将所选文章改为简体横排，以适应当代的阅读习惯。所选文章尽量依照原作，以保持文章的时代韵味，部分内容参照当下最新的整理成果进行了适当修改。

三、所选文章没有标题或者标题重复的，编辑时另行拟加或改拟。

四、对有些当时惯用的文字，如"的""地""得""作""做""哪""那""吧""罢""化钱""记帐"等，仍多遵照旧用。

目录

巴黎的一夜

寓所是在赛因河附近的一条僻静小街上。

夜色异样明丽。深蓝天空中的一轮银月仿佛在朝着地球微笑。微笑的光芒将巴黎渲染为一片渺茫的银辉梦境。已是午夜了。我刚从歌剧院回来。沉醉于音乐境内的我的心灵，与这月夜似乎是极相融洽。在河岸上步月而行，简直流连忘返。巴黎的梦容分外迷人：河流好像荷马的古琴诉说着历来英雄儿女的盛事；园林宫阁均各有各的梦呓。我真欣赏着忘乎一切了。不知怎的我的视线忽被不远的青草地上一团黑物捉住了。蠕蠕在动的是什么？不是鬼，因为这种月世界不容邪物横行。我一点也不害怕，虽是张眼见不到其他行人。不到两分钟我已来到青草地的近傍。原来是一女郎在草地上剔搜什么。月辉把她照映得非凡的秀丽。看去不过十八九的闺女。也许是因为夜与月的影响吧，我把白日所应有的拘束都忘了。很自然的把手电捻亮，和气的用法语向她说道："小姐，你找什么？我帮你忙。"她也就一点不陌生的向我惨然一笑，"正好！你有这个就容易找了。"你失了什么？"我一路用电光在草地上照，一路问她，青缎外衣里面，微露出来的白色舞衣，把她的青春之脸陪衬得异样妩媚。她对于我的问话，仿佛不容易找着一个相当的答复，态度煞是踌躇而羞涩，眼睛内似乎要流出泪来。"失了……失了……一颗撇针……是我妈妈给我的。""多大？是金的？""不大，是珍珠编的。我……我妈……"她认真的看了我一眼。"夫人，是东方人？""中国人。"我们一边找撇针，一边谈话。"来这里玩玩？""来读书……你的撇针不一定掉在这里。"被蹂躏得将变成绿泥的草里，始终找不出撇针来。"一定在这里……从舞厅出来一路都摸在手里。""一个人来的？""一个朋友伴来的……他……他先走了！"我偷眼观察她的脸，只见一阵红、一阵白又一阵紫……羞愧恨惧显然在这世故浅薄的灵魂内宣战了。我想宽解她："珠花也不值多少吧，另买一颗就是。""另买一颗！世上再不会有这么一颗撇针……是我妈的祖上传下来的……夫人读过《罗兰哥》？""读过。""据说是茉黛公主的宝物。""真的吗？那就真是无价之宝！"我为她寻找的热心增加了十倍。她的声音很低微，似有一满腔心事要从口内挤出来而她无力镇压下去："代表贞洁！"La Virgin-ité 两字说得异样凄切……每个字母都颤出悲哀惋惜似的。"我没脸见我妈……我受了骗……坏人……"她终于哭出来了。"别哭！慢慢找。"我还是热心地到处拨剔。她的泪声凄凉地呢喃着……"夫人，尽找是空的，世间的宝物一次失了就永收不回来……我妈常这么说，我吃亏忘了母训，今晚。""你明天来找吧！白天容易看见。不早了……你回家不远？""不远，谢谢夫人。"她伸出一只又热又软又嫩的手给我握……"我不能见我妈……""别怕！说清楚就好了。""失了……不能做人……"她咽哽了。我心中很难受，但是找不出慰藉的言语……最后才说道："你妈妈一定能了解……回去吧，夜深了。"她猛然摆脱我的手，噙住泪，一溜烟过桥去了。我追着一声："再见！"她回一声"Adieu！"

我回到寓所，赶紧睡了。月夜的幽情及女郎的际遇在我性灵内留下很深的印痕：梦里不息的看见鱼白的光辉里女郎啼哭，时而在草上，时而在桥上，时而在河边，时而在树下。

早饭后，照例第一件事是看报。《时报》头页中间一段小新闻特别令人注目。我把大事的记载丢了，先看它。"赛河中今晨发现女尸，十八九的女郎，面目清秀，衣青缎外衣白绸晚服，家属尚在调查中。"人生如梦幻，这岂非梦中的另一场恶梦吗？

毁 灭

纪念一个诗人

夜色沉沉，宇内凄清；

沙的一闪，一颗流星；

黑树巅，北斗边；

火样明，剑样锋；

只是半秒钟——

光荣，光荣不朽的半秒钟！

要是你不这样一明，

宇宙更不知何等消沉。

　　这是明媚柔渥的五月。娥住在巴城郊外一家小公寓里面。刚用过午膳，人是怪没得劲儿的。园里的花木鲜艳得出奇：红的蔷薇红得发抖；紫白相间的罗兰，被蜂儿蝶儿巴结着，真是娇羞得要哭。一轮为万万颗的水银滚做一团的日球，斜挂在天空，向地上雨下温暖慈祥的嫩白柔光。绿叶比新浴罢的少女还显得腼腆。空中直是一尘莫染，丝烟不飞。娥拿一本法文诗集，打算坐在花前，对花赏读。可是她的心总收不拢来。肉耳听不见，却是神耳感得着的大自然的笑浪，蓝天的碧意，白云的有情，仿佛都在故意招惹她，引她去流连于他们的诗境，而不令她踏入人造的诗地。所以，她的诗集虽在手上，心神却伴侣住春神徜徉于芳草地、绿山巅、彩云间了。

皮鞋踏在沙路上的声响，宛然几声警铃，将她那逃学的心神唤回家了。反首一看，原是智君。他脸上堆满了笑，走近来了。因为交情已有七分深，用不着多少寒暄，就接谈了。"今日的计划怎样？"他脱下帽，放下手杖，坐在她的对面椅上说道："是读书，还是出游？我今天下午可以休息半天，陪我玩去，好不？"她把书插入腋下，几乎跳起来说："好的，我正无心读书，趁这机会游览倒真是要紧，不然，天气一热就不好办。"——"你想上那儿逛？"——"去参观你那波蒙炼钢厂，好不好？"他眉头一皱，似乎是极不欢迎这提议。然而为礼貌起见，也就高兴地说："我差不多天天去实习，只有今天不去，而你又要去参观，这不是故意给人为难吗？……也好，走西温林中穿过，倒是一段极幽静的散步。我既早答应了你，今天了此一愿也好，可是我的目的还是在散步。"她嗤的一声笑道："在我何尝不一样！何必说出来？请你等一会儿。我去换件衣就来。"她的脚在石阶上如农人踏水车一般的快而有节，后跟上却拽着两股同流的视线，不是毫无情意的视线。

不一刻钟以后，娥与智已经在西温林中，闲致油然地缓步着。五月的林中，特是一番风味。这里当然只是树的国境——树、花树、果树、不花不果树。卧香、花香、果香；叶色、花色、果色；叶形、花形、果形；无不从四面八方袭击而来，要求人们的注意，恳求人们的感觉；宛然得着注意，受着感觉是它们生存唯一的目的，无上的意识。娥似乎觉得她的意识界是它们的宇宙：没有她，它们是不存在的。智当然也有同感，因为他们一路上很少言语。大约在那种意识扩大、性灵飘放的时际，二人都感觉言语只是捣乱分子。

　　渐渐来到一个疏林处，枝叶扶疏中，隐隐露出外面的世界。外面有的是锐利的光与色，林内有的是幽秘的色与光。那里有的是宇宙的声，这里有的是宇宙的静。在静中观动，幽中赏色，意趣当然又是异样。红星绿树，白云飞鸟，卷烟风旗，——如画般呈现在他们的视野内。他们不由的站住了脚，倚着一株绿叶玲珑的桃树眺望着，眺望着。不知怎的，娥忽然注意了智的眼波，知道他在画景中寻觅一样什么。她也跟着他的眼睛望去，只见远远红屋角上，绿树葱葱中，一株亭亭玉立的白玉兰，当风吐放，风致嫣然。他们四只眼睛，光合同流的注视着、赏玩着、膜拜着，如痴如梦，如醉如狂。智忽然有着一种冲动，大约是再不可逆制的一种冲动了。他的热烘烘的左手，从后面轻柔地放在她的左肩上了。单薄的春衫传与她的感触是新的、奇的、令人心神飘忽的。他见她不拒绝，右手也就顺便握住她的右手了。声音是这样的战颤，呼吸是这样的紧促："娥！我不能见那株树，我不能想那株树，而能不同时想你见你的。我往波蒙炼钢厂去实习，说也奇怪，无论走哪条路也都看见它。你与它是形同、色同、质同而气宇亦相同的了。它是宇宙间最美丽的花，你……你……"他们的心沸腾了，脉络紧张了。她反转脸去望他一眼，他却一把握住，含情凝睇的看住她的眼睛。于是二人的眼波汇为一流了，两个性灵脱离了体的桎梏而遁逃了。原是两个独立无倚的性灵，现在为一种不可抵御的力冲散了，化为混沌的烟雾，飘飘渺渺，荡漾于无垠无涯的空间了。烟雾在空中旋转着，旋转着；万千宇宙，色、相、光，一切的一切都卷入了漩涡，渺渺茫茫的旋转着。然而一切的一切都又似乎不存在，全都毁灭了似的。

温梦终于醒了，温香却仍留在心窝上。

"人说爱是创造，刚才这明明是一瞬中的毁灭咧！"娥心中是这么彷徨着。她感觉这毁灭的味儿不可多尝，于是决然移步了。"去吧！炼钢厂还远着吧。"兴奋的他却仍恋恋于当前。"娥，这林中是你我的圣地，人生几度春风？何不多流连一刻！炼钢厂实在没多大意味。"她却拖他一步步的前进了，口里却安慰他说道："智，有福留在后来享吧，你我日子长着咧。"他们握着手，缓步行着，穿林过树，步草踏花，静悄悄的一言不发，然而这种不言不语的言语似乎更流丽，所传达的情感更亲切而真挚了。

终于走到了林边。空中传来一阵阵摩登生活的节奏；轰轰！轰轰！洗沙！斯！——轰轰！轰轰！洗沙！斯！这种节奏似乎在叫他们加入摩登生活，他们也就不得不加速了步武，赶紧跑入热烘烘尘嚣嚣的现世界。转瞬中，眼前浮泛着高的墙，灰色的烟囱，蜿蜒如龙的黑烟白烟，摩登的节奏更加摩登化了。波蒙炼钢厂的大门洞开着。因为智是这里的熟人，所以毫不费周折，为娥得了参观证，领她一直走进去了。摩登的节奏更加来得宏亮，机器的世界堂然巍然。正厂是一宽敞的大厅，到处有小铁门开向内部。厅的正中是一口直径数丈的大火池，从里面冒出熊熊烘烘的白焰、蓝焰、红焰，雪光火花，浪涛般的乱舞着，远望去，简直是一大团无叶无梗的花蝶歌舞；又似鲸鱼的大口张开着，喷沫吐雾，预备吞噬一切的模样。火池的四周远远地有铁丝网围着，小铁门通外部。火池上面布满各种空中铁轨，犬齿交错密如蛛网；轨上的小铁车，川流不息地负着重担送入火池，又从火池内捞着实物运往别处。至于其余的瀑布般的皮带，蛛丝般的铁梯，巨兽般的活动机，更是繁复纠纷，不胜描写。还有工人，黑脸乌眸的工匠，到处动作着。他们的举动，也如机械般的有节奏。要是大家取消那认识他们是人的成见，就说他们是机器的一部分也未尝不可。

　　智领着娥参观着，能说明时加以说明。娥的视线忽为火池上面，悬得高高的一座铁桥所捉住。她向智指着说道；"那不就是牛郎织女相会的天桥吗？"智笑答道："嗳！难说不是的！"——"你敢上去吗？"——"我们天天上去的，怕什么？"……说到这里，看住桥边一辆小铁车停住了，似乎发生什么阻碍，不能移动的形势。下面有机师即刻将引动它的机器停止了。于是有老工人，望着，望着，欲有所为而无能为力的样子。智即向他们招手，而反首向娥道："我去为他们修理一下就来，一刻钟的事体，请站在那儿等一下，我上天桥去会织女！"笑着跑去了。娥亦笑着追说道："今天织女可不一定来咧！"……

　　不到两分钟，智已是工程师模样，牛皮衣帽，脚上也换了特别鞋，一身紧扎扎的由小铁门内走出来。他向娥笑了一眼，跟着老工人走入了火池的境界，爬上了细长侧狭的铁梯。老工人却站在地上，抬头望着。智一步步的爬，爬得很快，灵活得自然得如同松鼠爬树一般。娥的心中不免有几分骄傲，"智，可爱的智竟是这样灵敏，将来毕业回国，岂不是第一等工程师吗？"她这欣喜的念头还没有打完，智已经站在天桥上面了。他低下头来向娥望了一下，满脸是欢笑。然后一手抓住了那行动不得的铁车，研究了它的毛病的所在，从袋内取出器械，细心修理了一番。下面的人目不转睛的注视着，看见他时而弯腰，时而转身，时而一足悬空，虽对着烘烘的火池，也就不免不寒而栗了。娥的脸上是骄傲、是恐惧、是热爱。俄而他的车修好了。他骄矜快活地向娥送了一个豪灏的眼色，两手抓住车，往前一送，车隆隆地驶动了——可是他用力太猛，两脚没立得住，一个倒栽葱……一团黑物往下奔……奔……怒啸如狂的火池一口吞噬了——吞噬了一切……毁灭！全都毁灭了！娥的灵魂早已哇的一声脱离了躯壳，往下坠，往下坠，坠到无边无际的崖岸，到处寻觅她的智，可是无路，无路，前面茫茫，后面茫茫，左右茫茫，万象茫茫！

琳梦湖上

人间毕竟有艳地。上帝为亚当夫妇造的伊甸园，据说是极宇宙的辉煌壮丽了，可是想来也不能美过于这瑞士的湖山。空气是如此的澄澈，灌入你的肺部，转洗你的血液，使你整个的身心都如浸在一潭由白峰潜流下来的凄泉里一样，有说不出的舒怡清爽。初春的叶芽，鲜妍娇艳的透人心骨。尤其是这琳梦湖两岸的杨柳，反映在湖中，简直是浴罢的仙女，在与明眸玉貌的阿波罗，一步步的施展绿舞，一声声的细吟绿曲。你仿佛看得见她们眼内的谑，唇边的笑；可是笑与谑都是绿得这么沁心，不由你不狂醉，不由你不神往。秦与瑰呆呆地坐在白舫上，聚精凝神地欣赏着，已是多时了。瑰的脸上忽然泛上一层笑意道："秦先生，你记得一个大诗人说过，颜色里面有舞蹈有音乐的话吗？"——"是不是哥德说的？"——"记不清楚了。可是我这才了解这句话的真谛。你看这些嫩柳映在这透明的水里，岂不是舞着玲珑的绿舞，唱着清逸的绿歌。我仿佛感觉这歌声舞态的节奏。"——"经你这样一说，我也似乎感觉着。大凡天地间的美，都自有一种节奏。这绿的节奏是柔和逸越。这等清远柔丽的色波，直接感到我们的性灵上，如果我们看得入微时，性灵上只感到色波的和谐的击荡，故色里如有舞蹈、有音乐似的。"——"你这是一种哲理的解释。我呢，我只感觉这个事实而已。"——"这是诗人的感觉。普通人就是感到，也说不出来。"——"无怪乎古希腊人被称为最富于诗情的民族。你看这天光反照在水里的枝头，潇洒磊落的荡漾着，岂不是玉颜金发的阿波罗在与柳仙们徐歌慢舞吗？我们若是希腊人，这里一定创造得出一个极哀艳的神话。"——"可不是，那株窈窕的秀柳，"秦伸出一只套在雪白衬衫袖口内的手指着一株弱柳道："飘飘如仙的，岂不很象达芙尼？你看阿波罗怎样追求着她！"——"是呀！很是相象！"瑰笑得两排珠牙焕然可爱，"只可惜你这不是创造而是摹拟！"——"小姐，二十世纪的中国人，能在幻想上摹拟得到古希腊人，已经不是容易的事呵。你看阿波罗多么迁就达芙尼！"秦说着，逼视着瑰。他的海蓝色的西服分外显得高雅。一头黑发服服帖帖地仰后梳着，把他这幅宽额慧眼皓齿的俊脸，陪衬得更加卓然非凡。瑰的乌黑的眸子已经灿然速转着，腮边微微的加上一阵红潮，仿佛在秦的最后一句话里，听出别的消息了。也许是为着要抹过这消息吧，她附和着说："你看达芙尼的舞步多么灵敏！任光明之神的手段如何高明，步武如何神速，似乎总捉不牢她。"

秦好像忽然想到一个事实问题，霍然走出眼前的诗境，从容不迫的问道："瑰小姐，你昨天要写的信写了吗？"——"写了，告诉了舍长，我在这里还要玩三个星期。这样的湖山，一星期简直不够对付。左右春假还有几星期才完，乐得我利用。"——"由伦敦来一趟瑞士好不容易。一个星期专逛日内瓦都不够，你还想看洛桑及德国、瑞士咧！"——"秦先生，你们长年住在这里也一样觉得此地美吗？"——"美还是一样觉得，只不过印象没有初次的新鲜罢了。"他们一路闲谈着，一路划着桨，将扁扁的一叶白舫向东推进。"新鲜，印象真是特别的新鲜。"瑰接着说，"你看这一片日内瓦城，白墙、红屋顶、绿树，多清洁、多安静、多沉毅！"——"真是的，这里的空气有一种说不出的调和性。在这里住久了的人真要文明些。国际联盟的会址之应设在这里确定十分合宜，惟有在这里，人类才能真正领略和平的意义。"——"听说这里已经做到'路不拾遗夜不闭户'的了。"——"你今早买报，岂不是自己到摊子上放多少钱取多少份报？有谁来理你？"——"我以为今早是特别情形。"——"唔！年年月月都是如此。可是谁也没想到只拿报不放钱"——"可见人类并不是不能上进。我以为人类只要有同情心，能够为别人着想，就可免除许多苦痛与纠纷。"——"可是，瑰小姐，谈何容易。同情心是运用理智，是教育文化的结果呵。"瑰是个学文学的女子，平日思想颇复杂，可是一向以为同情心是情感的作用，此刻忽然听见秦的这种论调，不免吃惊，于是微笑而含反辩的意思道："同情是一种天性，人人都有的，只是不肯运用罢了，与教育之深浅，文化之高低，似乎无多大关系。"——"那就未必吧，就是孔子所说的'己所不欲，勿施于人'，也就含有理智的作用。凡属自己所不喜欢的，就要推想到别人也不喜欢，这就含着理智的推论呵。一般下等动物除了爱惜己出者的天性以外，别无所谓同情。照人类社会的情形观察，也是同情心表现的多寡与文化程度之高低成正比。其实所谓野蛮人与文明人之分，不也就在这一点吗？野蛮人野到极点时，就是一只野兽：肚子饿了，就不惜残杀同类，以饱己腹；性欲冲动了，就不惜夺人之所好，以泄己欲。文明人的同情心，大则有如耶稣、释迦牟尼以全人类为范畴的慈悲，小则有现在一部分人所提倡，一部分人所做到的人道主义。"

瑰是个有相当智慧的女子，而且是个极其要向上的人，现在听了这一番议论，心下不免有几分信服。对于原来只是相熟的秦，不由的有些敬慕了。此刻的声音笑貌一点不怀异见，只是很天真地说道："秦先生，你们男人到底是富于理智，对于什么问题都有一种深切的解释。刚才对于颜色里含舞蹈音乐已经解释得很有趣，现在对于同情心的见解更是独到而非常动听了。但是你说文化愈高人类愈不残忍，似乎与目前事实太相反了。"——"就目前种种事实看起来，我的说法很象不对，其实现在的文化并不是文化，而是一种复杂的武化。上帝给人类最宝贵的礼物：理智被人类妄用了。理智本来是为人类自卫及为人类谋幸福而有的，现在却用为自相残杀的手段。"——"你这话不特国际间、团体间是事实，就是个人与个人之间，也是实在情形。你看现代人，谁不是钩心斗角地互相裁制，互相残害？有几人是肯利用自己的聪明能力去为同类谋幸福？"——"我所以觉得现在的文化是走错了路。文化是应该把人类的兽性一点一滴的铲除掉，把人类从残忍毒厉的兽的生活状态中拔救出来。现在的事实却适得其反：所谓科学的进步，文化的提高，都无非增加这兽性放肆的机会与力量，直接间接的给人以杀人不见血的绝妙武器。这种专为野兽扩张爪牙的文化，实在只配叫做武化。"秦说到这里态度极为严肃，仿佛人类的命运如果在他的把握中，他一定另是一种办法。他深深地望住天空，继续说道："哼！恨我不能把这武化完全毁灭，从根基上再建筑一种真正的文化出来，使人类在可能范围之内可以享受一点人生的幸福！"

瑰默默的听着，秦的一声一字皆如朝露般一滴一滴掉在她的性灵上，使她整个的身心感觉一种新鲜活跃的战栗。她的男同学很多，与她有友谊的青年也颇有几人，然而她从来不曾遇见过一个这样学识谈吐人品兼优的男子。最令人倾慕的是他那副严肃镇静然而又极活泼诚恳的态度。她由友人李君的介绍曾经与他通过好几次信，不过信札的来往无非都是为她来瑞士游历请他照拂的事体。她来瑞士已经好几天了，每日与他同游这名胜的山水，渐渐已与他成为熟友了。此刻听到他这一席谈论，她心里实有"听君一席话，胜读十年书"之感。可是她不肯多露倾慕之情，因为英国式的教育及她女性原有的腼腆把她拘束住了。然而他这种主见又正合她的心思。她虽不能如秦一样用斩钉截铁的语句将现代文化定罪出来，可是对于这种"弱肉强食，优胜劣败"的物质文明，她一样痛恨，一样的恨不能把它毁灭了，另建一种新的合理的以互助以同情为基础的真正文化。她于是很自然的说遭："秦先生，我看一个文化的变迁，其机遇很是微妙。我也有时和先生一样，恨不能为人类找一条新的出路。但是目击到许多新路并不是领人往幸福的境地去，我又不免怀疑。"——"是呀，我也正是这样踌躇着。"——"所谓革命以及几年计划到底将人类领至若何境地去，谁也不能预知。"——"这些主义最大的毛病，就是为不可捉摸的未来，过分的牺牲现在。我……我有时对于一切都很灰心。人类似乎没有能力去寻出一条共存共荣的幸福路。"

瑰的心原来如这琳梦湖一样的澄澈一样的恬静，可是也一样的有一种潜势力。风浪来得轻时，也曾泛澜出一层层的涟漪，散布到四肢全部，使你见到她的笑容或愁貌。来得重时，她也感觉一阵阵的热潮由心底下冲上来，使她全身表现一种不可逆制的兴奋。这时秦的语声、语态、语意、语情都如一股股的风波，将她的心的潜势力激动了。她对于秦感觉兴奋与同情，而甚至于崇拜。她很热情地接着说道："我有时也一样感觉幻灭，人类似乎是毫无希望。但是我在欧洲住久了，细察社会情形，间常也看得出真正文明的地方。在文艺方面，这种向上精神的表现更是很多。我所以还是觉得人类并不是毫无希望。只要我们肯提倡肯一步步实行下去，将来总有相当的结果。秦先生，你将来回国，想在那一方面努力？"

秦在欧洲已有八九年了。除了专攻社会科学之外，他也常常涉览关于哲学文艺种种思想方面的书籍。他的眼光思想也就因此特别来得扩拓自由而纯正。他对于瑰虽是初交，可是其言语行动种种的豪放不拘，已经有几分另眼相看了。他平常所遇见的女子，总无非是漂亮可爱而已；交谈之后，总使他有看见绣花枕的感想。瑰给他的印象完全又是一样。瑰并不美，可是眉宇间的那种清气是她特有的。眼睛内发出一种特别撩人的神光。她的一切都表示一个有思想有人格而同时又非常豪放活泼的女子。这时，他们的小白舫已游到春的绿的深处了，离开别的游船差不多有看不清楚的距离。在这静的树荫的绿世界里面，瑰的豆绿佐治绸的西式轻衣特别显得绮丽灼灼。她的热情把眼光腮色声波都抹上一层光焰。秦的心被这光焰照射着不免有些动荡，对于她的问话，一时似乎思索不出相当的答复。费了好几分钟的镇静，而手里似乎是忙着要将船停泊在一株大柳树底下这以后，他才答道："我想回国以后，专事著述。中国所缺乏的很多，可是学术思想的落后、不纯正、肤浅，是当前最大危险之一。你呢，瑰小姐，将来的计划如何？"——"我？我也想在学术上做些工作，不过我的工夫还差得远咧。"——"太客气了。谁又有什么工夫在那里？大家都想努力罢了。"

秦将两片桨从水里抽上来，安安稳稳放定在船缘。然后从袋内摸出一包糖，正待要递与瑰先取的时候，他的头往上一仰，眼光顿时为远远天边的一件什么所捉着。手里虽举起一包糖向瑰递着，口里却惊道："呵呀！多美！"瑰也即时反首向后望去。"那是什么？怎么这样美！"瑰惊问着，手里取的一枚糖还不曾放入口内。"快来，快坐在我这边来。"秦赶紧让些坐位出来，继续说道："这边好看些，你真运气好！这景不是容易见到的。"瑰一路望着，一路移过秦的那头去，口里却惊叹道："怎么象个着粉红色衣的天使，斜斜的躺在那儿？这莫非是一种神迹？"——"世间的美总带几分神秘性。这简直是古希腊理想美人海伦重生了！"——"这是不是晚霞和云所造成的奇迹呢？"——"这是云和晚照所创造出来的美人。你看披着金光灿烂的头发，扬着满脸微笑的面部，就是有名的白峰。她的身体及四肢都是亚尔普斯山的躯干与支峰。你看她的手腕、胸部、腿部，简直是在轻纱下跳动着的血肉！"不知为何，他们的视线都忽然落在水上。瑰如同新发现了一样什么，狂喜道："你看水里的海伦更加好看！那只银鱼好象在她脚趾里面钻，太有趣了！那只小螃蟹也仿佛就在她胸膛上爬！呵呀！真太美了！"她喜得头往后一挠，不提防被一把柳丝扫着了眼睛，痛得几乎失了均衡，险些跌翻在船内，幸得秦一手把她拿住。秦右手把她拿住了，左手连忙摸出手帕给她擦眼睛，同时很慰藉地问道："不痛得厉害吧？"瑰在疼痛之余，感觉一种温柔的热气，由秦手直传到她的心腑。痛虽只有三分，却因为舍不得放弃这温热的缘故，仍紧紧地握住，做出五分痛的样子。秦也感得这样握住一只绯嫩香泽的手是有无限的意味，心里一阵阵的热情使他不忍将手拉开。瑰的眼睛渐渐恢复原状：只眼皮上微微有些红，别的伤痕一点都没有。二人的手终于不好意思不分开了。他们抬头四面一望，暮色已经罩住了湖的对岸，慢慢的就要来到他们头上那颗大柳树的梢尖了。至于重生的海伦真如昙花一现，早消逝到依黎西神国里与巴里斯盘桓去了。就是水里那些与阿波罗歌舞的杨柳，也都不知被黄昏之神赶到那儿去了。一切一切都如梦。眼前朦胧渺茫的黄昏更将一昼来的经过染幻成不可捉摸的梦境。两人之中，此刻只有一件事是真实；两人的心都是一样的跳。大柳树如果有知，一定听得出两条心是奏着一样的节奏与歌词。两人的手不知几时又握住了。尽在不言中的心语大约只有流水柳丝可以告诉人。

瑰终于打破了沉默，颤声问道："天已将黑了，我们回去吧。"——"今晚有喷水幻花，我们索性看完了回去，好不好？省得等一会又要出来。这琳梦湖上的喷水幻花是世界上有名的美景。"——"什么时候起？"——"天一黑就起，快了。"——"在什么地方放？"——"在那一头。我们慢慢划去吧。"秦于是将桨放下，洗沙洗沙的把船向西摇回。转眼之中，天已完全黑了。两岸及日内瓦城的灯光把湖上更反映得漆黑。幸而湖面不宽，游船尚多；不然，真有些令人生畏。瑰正在赏玩着日内瓦的夜景之际，眼前忽然一黑，只听得秦的声音道："瑰小姐看呵。我们停在这树下看，省得别的船来相撞。"假如不是秦预先告诉了她这喷水幻花的事，她一定疑心自己眼睛忽然作怪，耳朵也顿然生了毛病。半空中怎么沙沙作响？几时从湖里面跳出一条绿鳞晶体的蛟龙，怒向天空飞腾？几时又从黑暗中跳出无数的各色各样的浪花？瑰喜得如小孩一般的高兴道："秦先生，你看这条龙多雄壮多婉蜒有致！这些浪花都是拥它上天去的吧！西洋人的玩真玩得特别！"——"其实这也是物质文明的所赐咧。没有电光那来这种奇幻的锦色？所以物质文明也有好处！"——"世上，本来一切都有好有歹，只要人类知道选择就好了。你看这条龙真是要冲入上帝宝座的样子！"这时，秦已将小舫定泊了，忽然觉得一阵凉风拂面，即刻起身拿外衣，同时问瑰道："你也冷吗？加上外套吧。"瑰一路加衣，还目不转睛的望住那条幻龙的挣扎。大约是因为地位的关系吧，秦扣好了外衣，就便就坐在瑰的后面看喷水。幻龙的挣扎十分奇突，一时胜得似乎就要达到目的，然而一转眼又不知被什么拖下来了，当它正要冲上去的时候，两岸观众及湖上游人的呐喊欢腾之声如雷震耳。当它败下来的时候，则又呻吟叹惜不绝如缕，仿佛它的失败就是人们自己运命的转变。秦与瑰也默然看得出神。两人的呼吸，时而急速，时而迟缓，正与幻龙的胜负、观众的欢悲成为和谐的节奏。最后瑰忽然说道："这是一个象征！这是一种无上的艺术！这龙的挣扎是象征着人的性灵的挣扎。你看万千的性灵不都在这里同它共同奋斗吗？我们的性灵在神秘的宇宙中要求永生，要求不朽，不也是一样的挣扎吗？"秦听到这里，忽然一动，两手从后面抱过来，把瑰的两手拿住了，很热情的说道："瑰！你真是个聪明绝顶的女子！"瑰也不拒绝，心辘轳似的跳。觉得自己的手放在他那雄浑浑的热手内再好过没有的了。幻龙又败下来了，似乎没有再起的希望了。观众们如死一般的静候着，一种沉毅的精神布漫全空。瑰与秦也一样的等候着，宛然他们的灵魂也在预备这最后一次的尝试。幻龙从容的又由湖中上升了。它四面同起的浪花和它自身的颜色光彩都不息地无穷地变幻。它这次升得很慢，简直是一种可怕的慢。全空中一点声息都没有。瑰与秦连自己的呼吸似乎都不听见。幻龙的步骤较快了，慢慢的快，一步较一步快。秦与瑰的手也跟着越拿越紧了，最后，幻龙奋勇的拼命的往上一挣，果然一跃冲入云霄去了；可是接着的数秒钟以后是一阵玉雨一阵金雪；幻龙粉身碎骨了。象征仿佛是：它为地上的生物——一切生物——牺牲了自己的躯壳，而从中却得着了精神的永生。瑰看得热狂时，莫知所以的倒在秦的怀中了。秦也一把抱住她……两脸相偎了，两唇相接了……他们忘记了幻龙，忘记了琳梦湖，忘记了瑞士，忘记了中国，连宇宙本身也不存在了。佛教的所谓涅盘，耶教的所谓至上狂乐，他二人尝着了，醉在里面了。这两颗清如霄汉的灵魂，似乎摆脱了笨重的身体，幽幽然悠悠然伴幻龙一路上西天的尽头去了。许久，许久连观众的欢声，游船的桨声，都喊他们不回来。最后，瑰似醒非醒的了，柔声道："永远——我愿永远这样！"秦半醒的答道："梦太甜蜜了！还是梦下去吧。醒来只是无趣。这如涅盘般的梦何能再有？"瑰终于完全醒了，四面一望，只见乳璧色一片新月倒挂在湖心，一切如沉睡般幽静。她拿住秦的手道："景色虽已迁异，湖山却仍如故。旧梦何以不能重温？秦！以我两人合作的力量，将来未始不能如幻龙一样为人类造些幸福？"——"瑰？你有勇气吗？我可是不忍。"——"我有的是勇气！你何以不忍？"——"我的家事，李先生没有给你谈过？"——"没有。难道使君？……"——"而且……"——"那就不必多说了。"——"可是幸福……幸福是完全无希望了。"——"幸福原是主观的……你我是有理智的人，是有同情心的人……可是你我合作，岂不能创造出更大的幸福？"——"沙滩上筑不成楼阁，粪堆上长不出鲜花。"——"瑰！你是有把握的女子。"——"抢夺人家的幸福甚至于生命以供自己的苟安，仁者义者不为。"——"瑰小姐，你坚固了我的信心。我的理想确定了，人类毕竟是有希望——无穷无限的希望！我感澈你，我要永远的感激你。我自问不及你的坚毅"——"你的'不忍'两字，早已把你的人格，白峰山上的海伦化，琳梦湖上的杨柳化幻龙化，已成为宇宙中一个不朽的美的象征了！秦先生，这两字永不会离开我的心！"——"是的，我们要永远珍重这千载一时的纪念。"瑰低首深思了半瞬，始毅然而又不免惨然说道："我明天就回英国去吧。"秦也不免怆然道："也好，智者不立于崖墙之下。"于是桨忽又锵锵然潺潺摇了，二人已渐不知去向，只留下一湖岑寂以待天明。

何迷斯

　　何迷斯（Hermes，腊丁文为 Mercury）是希腊神话里的风神。风能转瞬行千里，所以何迷斯是诸神们的神行使者。风行时，常作出凄宛的，或悲壮的，或清丽的音乐，故古希腊人承认他是七弦琴（Lyre）的创造者。阿波罗代表太阳的光明，在希腊文化史上占极重要的位置。一切文艺："诗词歌赋、音乐艺术都必受 Apollo，God With the Lyre 的启示，才能有成。这篇故事就表明他之所以得到七弦琴，及阿迷斯后被称为贼之王的来由。阿波罗的牲畜就是柔嫩净白得如绵羊一类的云朵。风吹云散，风动叶乱。这个极平常的事实，在古希腊人灵活的幻想中，便成为这个生动有趣的偷牛故事，可见那民族的生活是如何的诗化、艺术化。

　　这篇故事的内容，大半是取于法译荷马体式的赞美诗中（Hymnes Homeriques，Traduction de Leconte de Lisle）。

　　这是一个晓风初起，曙色还在曦微中的清早。奇连山悬崖下的深洞里，今晨发生了一件大事。俊颜的天帝足斯和美发的仙女梅亚所生的儿子，刚刚出世了。他此刻在洞内的柔光涟漪中，静悄悄地，躺在摇篮内。软和的锦被盖在他身上，只随着他的呼吸，一上一下的微微动颤。他这睡的是多么平静呀！仿佛出世的挣扎，很使他受了累，此刻非多休息一下不可。

可是，可是黑利亚斯的四轮马车还未滚到中天，他这嫩和和的小东西，就把被窝一掀，跳出摇篮，跳到洞门口去了。洞门口这时正有一只仙龟在吃草。他一眼看见这个玲珑可爱的小生物，快乐极了。他弯下腰去，伸手去摸抚他那光泽如玉的硬壳笑嘻嘻地说：

"哈！运气不差！……你从哪儿来的，你这花壳儿光亮的可爱的小生物？你现在是属于我的了。我得把你捉到洞里去，屋里比这凄冷的户外到底舒服得多咧。并且，你生着的时候，你自然也许有你的用处。可是，你若是知道，你死后会唱出清美悲壮的歌，你那不是更要快乐些吗？"

他就双手把这宝物捉起来，一溜烟跑入洞内去了。他在洞的角落里，找着一口铁针，一针钻去，即刻就把小龟的可怜生命钻出了五窍。他又随即如一个念头一般的神速，在龟壳上钻了许多小孔，孔内插以藤枝，藤枝上系上七根羊肠线，再在龟壳上钉上一块牛皮。他的七弦美琴就造成了。

然后，他坐下来，捻拨小弓，轻轻的在琴上擅弄。一派幽扬慷慨的音乐泛澜于空际。他歌诵他父亲足斯和母亲梅亚的恋爱，他自己出世的种种，以及他在母亲光华的洞内所见的一切。他歌诵到得意时，不禁容光焕发，两眼粲然猾笑。他歌诵，不息的歌诵……可是他的音乐还未奏完，他心里又在盘算别的勾当了。末后，他把琴搁下，静悄悄地，如夜贼一般，偷出洞外，奔向北方去了。

黑利亚斯坐在他的四轮马车内，已是从西天的斜坡上，快要奔向汪洋的大海那边去了。今晨刚出世的何迷斯独自一人跑到阴影重重的披阿利亚群山中。这里阿波罗的牲畜正在牧场上吃草。何迷斯见它们肥美可爱，心中十分欢喜，遂从那里面选出五十条特好的，一路赶着，投向奇连山来。可是走到一处，不幸的很，前面是一片茫无际涯的大沙原。若是牛羊从上面经过，不是足迹毕露，失主容易发见它们的所在吗？小小的何迷斯毕竟是天帝的儿子，年纪虽小，脑子里的主意却是不差。他仰首看见近边有一株柳树，计从心出，遂攀折一把柳枝，编成两只枝桠交错的草鞋，套在自己脚上，然后把一群牲畜以尾向前，弯弯曲曲的向南赶来。一路上，除了一个龙钟的老人外，谁也没碰见。这个老人，正在那儿耕种葡萄树。何迷斯三脚两步跑到他面前向他说："老头儿，你这些葡萄树长出来的时候，一定有丰盛的葡萄酒。可是，此刻，在你这皱缩的肩膀上，你可要保持一个明白的头脑。给人不方便的事，最好别记在脑子内。"

何迷斯赶着牛羊前进。掠过高山，穿过深谷，跃过河流，踏过花原，总是往前进。黑夜已经来了，又将去了。西冷姑娘已步上她天空中的高阁，不久又将离去。何迷斯跑到爱非河岸，就停下来，让牛羊就食于草原上。他自己却不慌忙，这里检一枝柴，那里检一块木，不一会就堆起一座大柴堆。然后用两根枝桠互相磨擦，得出火苗，把柴堆燃起。黑烟滚滚地向天奔腾，红火在地上劈劈拍拍地燃烧。我们小小的何迷斯纵步一跃，从牲畜中提出两条大牛，带到火堆前，扭出它们的生命，剥去它们的厚皮，把皮摆在大石上，把肉分做十二份，然后凝神祷祝祭祀天上诸神，可是肉之精肥，他自己一片也不尝，虽然他的肚腹饿得发痛。末后，他把骨碎投于火内，让它们烧化，又把他的柳枝草鞋抛入爱非河内，使它们随流失去；然后又把火堆息止，使劲儿践灭灰烬，不使遗留一点痕迹。

这时，西冷姑娘的圆脸儿在天空中，显得又青又白，很有些可怕的样儿。何迷斯赶紧跑回奇连山。他一路回到他母亲洞口，真是人不知，鬼不知，就是狗也不曾叫过一声。轻悄如夏日的微风一样，他已由洞口的锁孔，钻入家里去了。他的小小肥嫩的脚，踏在石铺的地板上，寂然不发一声。你眼还眨不及，他已经爬入摇篮内，扯着锦被盖上，安安然睡着，煞像一个不谙世事的小毛头。可是他一手虽然捻着被角装出小儿模样，另一手则偷偷的在被内玩弄他那自造的七弦琴。

他虽是百事伶俐，可是百事不能瞒过他的母亲。这时他的母亲走近他的摇篮，怕是想喂他些奶吃吧！然而一见他那狡猾的神情，就不给他吃，反而骂他说："你这黑夜往哪儿来？你这狡猾东西，有一天你总会惹出祸来的，丽多的儿子不会立刻就跑来，把你绊起，使你一辈子不得脱身吗？给我滚开去，你这没出息的东西。你生来怕就是要烦恼神明害人类的！"

"亲爱的母亲，"小毛头一把抱住母亲，很恭顺的说道："你何苦这样责备我？你当我是一个人类的小孩，胆子小得像虫蚁一般，一受骇就会哭泣的吗？我知道我们的利益了。我们何苦一辈子住在这洞里，永远受不到人类的香火，永远得不到一点光荣幸福呢？我是绝对不愿老蹲在这儿了。跟天神们在阿连普斯山上的神宫内一块儿享受饮食起居，总比蹲在这冷风四射的洞里好过得多吧！我是故意要与阿波罗作对的，因为我要和他并驾齐驱。万万不愿落在他的后面的。他若是不肯，而且我父亲足斯又不帮我的忙的话，那我就老实对不起，要跑到他那皮梭的大庙里，偷取他那些金银炉鼎，锦绣袍套。唔！若是我不能在阿连普斯山占一个名位，至少我也要做一个贼王。"

他们母子正在谈得起劲的时候，依阿斯姑娘已从海的那边跑出来了。她的柔光铺满了大地。阿波罗睡醒了，翻身起了床，披了金光灿烂的衣服，就跑到皮阿利亚的群山中，察视他的牲畜。他不看则已，一看则已知昨夜被盗，并且失去的数目不小。他着了慌，即刻满处寻觅。这是他父亲足斯托他看守的牲畜，万万不可失掉的。"这贼的胆子也真不小，竟敢到我面前来施身手！"他一路找，一路暗自忖度。他找了许多地方，都没有结果。末后，他看见一个老头儿在那里耕种葡萄树。他赶忙跑近去问他说："老翁，你老人家自昨天下午起，看见什么人赶着牛羊在这儿经过没有？我的一群牲畜，放在皮阿利亚山里的日光兰牧场上吃草的，不知昨夜被谁偷去了一大半，约有五十头之多，现在只剩下四只看守的狗和几条大牛。我真急死了，我找了半天也还找不着。"老头儿丢去锄头，伸起老腰，睁开一双老眼，看了他一看说道："少年，你要我把日常偶然看见的，都说出来，那是不能办到的。谁能记得这许多呢？在这条路上过身的人，每日不知多少。有的怀着好心思，有的怀着坏心思。我是不能统统记得。可是我昨天下午在这园内做工的时候，仿佛看见一个小孩，简直是个刚出世的小毛头，赶着一群牛羊在这儿经过。他手里拿着一根棍，仿佛是从这边往那边去的。可是我记不大清楚了。"

阿波罗话还不曾听完，提起双脚就跑。他这时心里已经没有一点疑义，知道这勾当是他父亲的新生儿干的。他披上一层紫霞，直向皮罗斯奔去。到了沙原，他看见了牛羊的踪迹。"咦！这才奇呵？怎么牛羊的脚迹，都是向日光兰牧场行走而非从那儿来的呢？至于这个贼，还是男人，还是女人，抑是狮子虎豹豺狼熊犬呢？他这脚迹，我真无从辨别。这些怪迹，到底是什么东西的脚印呢？"可是，他心里明白，他那同父异母的兄弟，是有几分把戏的。他不管三七二十一，一直往梅亚的山洞里奔来。

这边何迷斯知道祸要临身了，即刻往被窝里钻去，装得吸呼平静，似一个初生的沉睡了的小毛头。但是，阿波罗看破了他的诡诈。他招呼也不打一个，就在洞里满处搜寻。他打开了三四处秘密地方，只见里面都是藏些天神们的酒肉和金银丝织的美衣，至于牛呢，一头也不见。末后，他就蛮不讲理的，捉住了何迷斯，对他很严厉的说："你这诡诈的小毛头，你偷了我的牛羊，藏在哪儿去了，若是你不即刻告诉我，我是不饶你的。我会把你顿时抛入乌黑的达达那斯去，使你永世不能脱身，永世和那些鬼魅为伴侣。就是你的爹妈，也没法救援你。"

"啊！这才是吓死人的论调呀！"何迷斯从容答道："可是你有什么理由，要加我这样的侮辱。来问我要牛，我从来不曾看见过牛，也不曾听见说过牛，并且从来没有人告诉过我牛是什么样一个东西。我到哪里去告诉你，你的牛在什么地方？你就是悬一个大赏给报告的人，我也只好望一眼。这与我有什么相干，我这昨天刚出世的小孩，每日除了睡觉、吃奶、咬被、洗浴以外，还有什么别事好用心？朋友，你最好别提及这种无意识的争噪。天上的诸神，听了你这诬告一个两天大的小毛毛偷牛的话，恐怕肚皮都要笑痛！我昨天刚生下地，我的脚还是柔嫩的，我怎么走得那粗砾的道路？若是我赌一个咒可以安慰你的话，我可以拿我爸爸的头来赌咒：我没有偷你的牛，也没有看见别人偷，并且不晓得牛是什么一个东西，这个咒可是不轻吧！"

他一路说着话，一路把眼睛睁上睁下，从这边挤到那边，从这里看到那里，末后，他嘘出一种尖细的哨声，表示阿波罗的言语使他好笑。

"好吧！朋友，将来……"阿波罗带笑的说："将来不知多少人要吃你的亏咧。你这好吃牛肉的口味儿将来不知要连累多少牧童咧。但是，此刻，请你速从摇篮里爬出来，不然，这就是你最后一次的睡觉。嘿！我有一个最好的名位给你：就是称你为贼王。"

阿波罗也不与他多噜苏，一把将他抱起。但是何迷斯趁他不提防，打出一个大喷嚏，吓得他手一松，小毛头又掉在摇篮内去了。于是阿波罗正经地向他说："这是我会找得着牛羊的吉兆，请你指引我的路吧！"何迷斯气急了的样儿，跳入被内，扯着被单塞住耳朵说："你这忍心的神，你到底要把我怎样？为什么总不息地把那鬼牛羊来苦恼我？我愿全世界不存在一条牛一只羊。我没有偷，也没有看见别人偷。不管牛是什么一个东西，我除了名称以外，我实在莫明其妙。可是，我同你说，你如果定要诬陷我，我只好求足斯的明断。"

于是二人气愤愤地离了岩穴，直向阿连普斯奔来。何迷斯走头，阿波罗尾随其后。不一瞬，他们就站在天帝足斯的脚前了。足斯坐在神殿的正中。四围诸神环列。足斯带笑的发言道："阿波罗你今天打猎的成绩真不差呵！几时打得这样一个肥胖的小毛头？有什么好事要我们裁决呢？"

"父亲！"阿波罗赶紧答道："我把事情说出来了，错处不一定完全在我这边。我好辛苦的找了大半天，才在奇连山洞里找着了这个小东西。他这小家伙，真是一个空前绝后的滑贼。他昨天傍晚，从我日光兰牧场上偷了我五十头牛羊，一直送到皮罗斯海边。我在一片大沙原上发见了牛羊的脚迹。可是说来也太奇怪，那沙上的脚迹都表明牛羊是往日光兰牧场去的而非从那儿来的。至于贼的脚迹那就更好笑了。不是脚印，也不是手印，仿佛是榆树成了精，忽然倒行起来的印子。我在路上遇见一个老头儿，却说看见一个刚出世的小毛头，赶着一群牛羊往皮罗斯去了。我到他洞里，他却装做不谙世事的样儿平平稳稳睡在摇篮内打鼾。我问他要牛，他反说我诬赖他。"

何迷斯接着说道："父亲，我告诉你老人家一句老实话，我是一个诚实君子，从来不会说谎的。阿波罗一清早就跑来我母亲洞里，诬赖我偷了他的牛羊，要把我抛入达达那斯的深坑，使我永世不能回头。你看他是个年富力强的青年，我还不过是昨天出世的小毛毛，我怎样能够抵抗他。我这样小年纪如何能够偷牛。连我母亲的洞门我都没有出过，从何说起偷牛！可是，我可以赌咒，我是爱你爷老子，并且尊敬哥哥阿波罗。他现在逞强，诬赖我，我将来要报他这仇，那时候，你老人家就应当扶助我这弱者。"

这小东西一路争辩着，一路挤眼睛。足斯眼见这毛头的诡诈，不禁高声大笑。一路笑，一路要他们弟兄讲和。最后，以头向何述斯低了一低，暗示要他把藏牛的地方指示给阿波罗。何迷斯不得不从命，因为宇宙之中没有违反这暗示而能生存的。

于是哥儿两个离开神官匆匆向皮罗斯走来。何迷斯从爱非河岸的草原上，把牛羊赶出来，交给阿波罗。阿波罗忽然瞥见了大石上的两块大牛皮，不由的吃了一惊，喊住小毛头说："你这般小年纪，如何能一口气杀两条大牛？你这般力气，将来可还了得！现在我真不能让你活下去，免得将来受你的苦。"他就一把捉住何迷斯，用坚韧的柳枝绊住他。但是何迷斯用劲一挣，一根根的柳枝如腐麻般从他身上落下来。阿波罗不得不暗自称奇。

但是何迷斯虽然挣脱了柳枝，害怕哥哥的心思仍是不免。千思万想，总想找一个藏身之处。可是宇宙之大，却没一处逃得脱阿波罗的视线。这如何是好呢？正在危急的筹思时，忽然记起了他那七弦龟琴，一溜烟，从洞里取出琴来，选一块光泽的石头坐下，不慌不忙地，做出那种"轻拢慢捻抹复挑"的神情。于是一派清音细乐，一阵慷慨悲歌，滂沱于宇宙。他唱太初的大地和不朽的神明，大地如何构成，神明如何得位。阿波罗只顾果痴痴的听。听的越听越出神，奏的越奏越出巧。最后，阿波罗不得不起身敬服地说："你这偷牛的小贼，狡猾的小东西，你的歌真值得五十头牛羊。我现在就把它们送给你吧。但是你告诉我，你这音乐的天才是哪儿得来的？我从不曾听见过这样神妙的音乐，我觉得从你的音乐里我们可以得到我们各个性灵中所需要的，许是愉快，许是悲伤，许是睡眠，许是甘梦，许是爱情，许是失恋。我的好兄弟，广大是你未来的声名，雄厚是你未来的权力。我权且以这枝茉萸向你发誓：我以后永不欺侮你，永不侵犯你的名位。"

何迷斯也起身答礼道："我的好哥哥，我对于你，什么都无所吝啬，因为我需要你的友爱。但是足斯所赐与你的真是宏厚。你能知遭人类和神明的未来。这种智慧，我很想得一点。至于这音乐的才能呢，自今天起，它就是你的。就请你赐收我这七弦琴吧。它是烦闹时的慰安，快乐时的伴侣。碰着识者，它能淋离尽致，畅谈一切。可是如不得其人，它的音就如鸦叫鸡啾，煞是令人烦腻。你是一个天生的音乐天才。我的琴可谓得其主了，现在我们看牛羊去吧。以我们二人之力去看护它们，它们必是繁育蓓蓰。你我之中，以后永无敌意了，是不是？"

阿波罗接了琴，心花怒放，不禁欣然将自己手内的一根金杖赠与何迷斯说道："这根金杖我送给你赶牲畜，并使行其它种种威权。它的神妙处很多，可是最大的是：能转仇为友，转恨为爱。"何迷斯高兴地接着说道："真有这种神威吗？""你不信，就可以试试。那里不是一对蛇相斗吗？赶快去试验一下吧！"何迷斯飞步跑去，把杖往二蛇之中一掷。二蛇即首交首，尾接尾，捆着金杖成双了。于是一个抱着七弦琴儿，一个捧着蛇捆金杖，连袂缓步走回阿连普斯神宫，去见他们的微笑相待着的父亲了。

模朗呤教授

　　记得这是欧洲大战中一个朔风怒啸，霜封大地的清晨。一间暗淡阴森的课堂内，已经坐定了不少男女学生，一个个呵手蹬脚，意在暖寒。可是呵出来的气，却也以为空中太冷，一珠珠都飞到玻璃窗上，互相取暖。在嘈杂喃喃的细语中，我听明了一个女生说道："模朗呤教授今天未必来上课。"这话原是向我同位的女同学说的。我不待她答，就急忙问道："报上所载的模朗呤教授的儿子昨天在前线被害了，可就是她的？""可不是她的！这是她第三个儿子为国家牺牲了。真太可怜！以后她就是孤孤单单一个人了。今天的希腊悲剧准的上不成"。她的声音里满含着凄惋与同情。上课钟终于发出暮鼓晨钟的音节，全堂顿时静肃如缄。呵手蹬足所拒抗不住的厉寒，却为这沉肃所征服了。大家精神焕发地凝视着讲台左侧的门，默伺它的移动。各人的眼膜上果然触着一种波击。门开处，一个五十来岁，头戴黑色方角博士帽，身披黑色宽大博士袍的女教授，憔悴容颜，惨淡面目，从容不迫地走上讲台。全体同学，不约而同的，如触电般，同时站起，向她整整低头五分钟。她不胜了，眼泪如泉奔如川决，簌簌然直流而下。这神圣的五分钟纯为无声的悲哀所盘据。最后，她擦干了眼泪，一声"请坐"，就开始讲论《七军攻笛博城》的伟大悲剧了。声音洪亮，气概激昂，可是哀思凄恻，痛隐眉杪，仿佛哀蒂阿克利就是她自己的儿子。身世坎坷，人生难免。可是以一弱女子，能以这种不屈不挠，敛神忍痛的态度担当之，而孜孜不息地履行自己的职务，这是多未沉毅而悲壮的精神！

游新都后的感想

这一股南风的来势，真不可挡！竟把我吹送到新都去住了几天。在拜访亲友以及酬酢清谈之外，我还捉住了些时间去游览新旧名胜，秦淮河畔仍是些清瘦的垂杨与泣柳，在那里相对凄然，仿佛怨诉春风的多事，暗示生命的悲凉。那些黑瘦枯菱的船只也仍然在那里执行它们存在的使命。臭污混浊的煤炭水自然也还是孜孜流着。只有人——万物之灵的人——却另呈一番新气象。肩章灿烂的兵将，西服或长衫的先生，旗袍或短装的妇女，都在那里生气勃勃地喜气洋洋地追扑着小巧伶俐、时而逃避、时而在握的快乐神。他们的全副精神都集中在龙井的清香、花雕的芳馥、言语的热烘、野草的青嫩、桃李的芳艳、功名事业的陶醉。那自然！人生是这些事，这些事就是人生！

鸡鸣寺前也一样的有两种气象：硕大宏敞的玄武湖满披着蔓延无忌的苇芦及浮萍，表露一种深沉忍毅的闷态，似乎在埋怨始造它的人的没出息，生出不肖的子孙来，让它这样老耄龙钟的身体感受荆芦野棘的欺凌；前面的丛山峻岭也是沉毅不可亲近的在那里咬住牙根硬受着自己裸体暴露的羞辱。只有茶楼上的人却欢天喜地地在那里剥瓜子、饮清茶、吞汤面——高谈阔论，嘻笑诙谐，俨然天地间的主宰是他们做定了的。

走上伟大雄壮的台城，我们的视野却顿然更变了形象。这里有的是寂静！是荒凉！是壮观！人们许是畏忌梁武帝的幽魂来缠绕的缘故吧，都不肯来与这夺魄惊心的古城相接近。然而我们民族精神的伟大更在何处这样块然流露在宇宙之间呢？喔！我们的脚踏着的是什么？岂不是千千万万、万万千千、无数量的砖石所砌成的城墙吗？试问这砖石那一块不是人的汗血造成的？试问这绵延不断，横亘于天地间的大城，那一寸那一步，不是人的精血堆成的？脚，轻点放步吧，我们祖宗的血汗，你应当尊敬爱惜些。心，你只管震颤，将你激昂慷慨的节奏，来鼓醒，来追和千百年中曾在这里剧烈动颤过的心的节奏。性灵，至少在这一瞬之中，你应当与你已往的千万同胞共祝一觞不朽的生命。他们已经染指过了他们瞬息中生存的甘苦。你现在正在咀嚼着。——苦吗？甜吗？我那里敢代你说出来。你是最害羞、最胆怯、最不肯将你的真实暴露给人的。我如果替你说出来，你一定要老羞成怒的对付我呵！——你以后更有继承者。继承者之后再又有继承者。在这无始无终、无边无际的时间中，你们各个的生命虽然明日黄花，然而合起来在这伟迹上及其他不朽的事业上你们都可得着共同的永生！清风是美酒，白光是金杯，只管尽量的多饮几杯！

对着古迹，我有的是追慕、怀忆、神驰。对着新名胜，许是与我更接近的缘故，我的情绪与精神就完全两样了。欣赏之中总不免批评神的闯入。新名胜之中，自然首推中山陵墓。因为急欲一面的情热，我和朋友竟不避新雨后泞烂的道路，驱着车，去尽兴的拜赏了一番。数里之遥，在车上，我们就眺见了前面山腰上块然几道白光在发耀，恍若浪山苍翠中忽然涌出一股白涛，皎洁辉煌的。以位置而论，中山墓自然较明孝陵高些。然而就一路上去的气魄而言，我却不敢说前者比后者雄壮些。孝陵的大处，令人精神惊撼处就是一路上排列的那些翁仲、石象、石马。在它们肃然看守之中，我们经过时，自然而然的感觉一种神秘、一种浩然的气魄。向中山基驱进之时，我们的精神并没有感着偌大的摇撼。许是正路还未竣工，我们所经过的是侧路吧，但是一到了墓前的石阶上，往下眺望时，我们才领略了它这一望千里无涯的壮观！这个位置才真不愧代表孙先生的伟大人格、宏远意志、硕壮魄力。然而我们觉得仍然好中不足。假如这全国人所尊敬的国父的墓能建筑在更高的地点或索性在山岭上，一目无涯的望下来，那岂不更能代表他那将全人类一视同仁的气魄吗？间接的岂不更能代表我们大中华民族的伟大精神吗？一个时代的民族精神的发扬光大常是在它的纪念胜迹上面看得出来。在这上面多花几百万银钱确是值得的事！这建筑的本身虽然也有优点——如材料的良美之类——但是在形式上讲起来，不是我们理想中的国父墓。石阶太狭，趋势太陡，祭堂也不够宽宏巍峨，墓与祭堂连在一块更减少不少的气魄。我们觉得正墓如果再上一层，中间隔离一层敞地，看上去，一定更雄伟些。然而这不过是私人的评断与理想。将来这个纪念胜迹完全竣工之后，我们希望它给与人的印象要比我们这次所得的要深刻、要动人些。在这形象粗定之时，我们自然看不出它的全璧的优美。

男女金陵大学及江苏大学自然亦是新文化的重要部分。我们在这同一城池内参观而比较这两种性质不同的大学，觉得十分有趣，十分有益，因为它们就是西洋民族与中国民族精神的具体表现。一个巧小精干，实事求是；一个好高骛远，气魄浩然。先就建筑而论，女子金陵大学的中西合璧式的构造，立在绿叶浓荫的花园茂林中真是巍然一座宫殿，俨然一所世外桃源的仙居。它的外貌的形式美，是它那红、黑、灰各种颜色的配合的得法；是它那支干的匀称，位置的合宜；是它那中国曲线建筑的飘逸潇洒的气质战胜了西洋直线的笨重气概。男金陵大学则大大不然。它的建筑的原则是与女子金陵大学一个样：采用中西合璧的办法；然而成绩却两造极端。女子金陵大学给我们一种惟美的、静肃的、逸致的印象。男金陵大学，却令人看了不禁要发笑，一种不舒服、不自然的情绪冲挤到心上来。我起初还是莫解其故，及至立住足、凝神的看了个究竟，才释然而悟。呵！我捉住了它的所以然了。这里不是明明白白站着一个着西服的西洋男子，头上却戴上一顶中国式的青缎瓜皮小帽吗？一点儿不错，它令人好笑的是它那帽子与衣服格格不相入的样子。中西建筑合璧办法：用在女子金陵大学上面则高尚自然，别致幽雅，在男子金陵大学上则发生这种奇离的印象，是亦幸与不幸，工与不工之分而已呵！至于江苏大学，形势虽然浩大，地盘虽然宽阔，屋宇虽然繁多，然而却讲不上建筑上综合的调和美。这里一栋红的、那里一栋白的、再那里又一栋灰的、黑的……这里是西洋式，那里是中国式，再那里又是不中、不西式……东边一座、西北边一座、不东不西、不南不北又一座……一言以蔽之日零乱拉杂而已。中国人做事素来没有计划，只图远大的脾气，由此可以见其梗概了。中国土地广阔，人民繁多，然而政治纷歧，秩序荡然的情景，算是被这学府的外貌象征出来了。

三大学的外貌如此，内容却不敢妄加评断。不过就我们局外人的立足点看去，也可窥见许多殊异的地方。在女子金陵大学求学的人真是前世修来合该享受几年公主的生活。它的里面的设备与陈设的富丽，就是拿欧洲什么女子大学来比，也只有过而无不及的。我们一路参观，一路耿耿为怀的是：这一班青年女子习惯了这样华侈的生活，将来回到贫困的中国社会里面，怕不容易相安，还许反因教育而惹起一生的烦苦呢。再者教会的学校都有一种共同的缺点，就是它们教出来的学生多不适于中国社会的应用；它们注重洋文化，轻视国粹，它们好像国中之国，独自为政，不管学生所学的于她们将来对于本国社会的贡献，需要不需要，适用不适用，只顾贯注的将西洋货输到她们脑子内去。我们希望教会学校多与中国社会接洽，让学生去寻找她们对于社会切身的问题去问学，不必将我们好好的青年去造成一些纯西化的只会说外国话的女子。

男子金陵大学农科的成绩却真是斐然可观。三四年来对于森林农业的研究调查的具体成绩都历历可数：对于中国花草标本的收集已经有五千种、万余张之多，树木标本亦有三千种之普，农民生活状况的调查已有十七省了，考查后写成了的报告图书亦不下十余种。尚有什么测量淮河流域的图表！什么新发明的量水机，令人看了真不能不惊叹他们师生的努力。听说江苏大学的农科也办得极其精彩，极有成绩，可惜我们没有看到，不能拿来与金陵比衡一下。男子金陵大学图书馆所存的中外图书共有十万零五千多本。这总算像个样子了！听说江苏大学还不到此数。这是我们盼望当局极力注重的事。假如这样一个硕大重要的学府还让师生感觉图书不足之苦，那真是不应该之至。学府大部分的生命应该维系在图书与仪器上面。没有它们，自然学也无从学，问也无从问的了。江苏大学自然科学院新近添置了许多机器与仪器。给以相当时期的恢复与预备，前程总当是无限量的。以气魄与可能性而论，江苏大学自然远过金陵，让我们翘趾仰望着它的未来的光荣吧。

旧名胜也好，新名胜也好，新文化也好，我都与你们暂时分别了。何时再来瞻仰你们的芳容，我却不敢预言的了。我现在又回到这尘埃满目，钱臭通衢的上海了。新都呵，你的油然嫩翠，到处花香的美貌此刻仍在我心眼中闪灼着，嫣笑着！你有的是动人的古迹、新鲜的空气、明静的远山、荡漾的绿湖、欢喜的鸟声、绿得沁心的园地！这是何等令人怀慕呵！

再游新都的感想

　　六年前一阵薰暖的南风，将我吹送到新都去住了几天，结果我在《现代评论》发表一篇《游新都后的感想》。今年暑假又不知一阵什么风，把我飘送到那儿去住了两个多月。李仲揆先生说我"趋炎赴势"，这话果真蕴藏着一点深意。因为我到南京那天，室内寒暑表有的升到百十四度。"趋炎"两字我当然不能不承认了。至于"赴势"咧，京都是势利之地，我没由无故地跑到那儿去，谁还说不是"赴势"呢？

　　"趋炎"也好，"赴势"也好，半打年后的新都，究竟有些什么变动？旧名胜依然如故地凄然相对着。鸡鸣寺、雨花台、秦淮河、玄武湖仍是那副龙钟老耄的表情，对于我的重游，似乎不是特别的欢迎，眉宇间仿佛在埋怨着："六年来一趟，也还是这个样儿！不见你带些什么光荣的礼物来奉献与我们，不听得你诉说些有意义，有价值的事件，你们这六年之中所成就的——来宽慰我们的心！"我站在台城上，面着枯槁的玄武湖——养活一条鱼的水都没有的玄武湖——憔悴的紫金山，瘠瘦的田野，我不禁怃然，不禁怆然而泣下了。在这悠悠时间中的六段节奏里——简直是激昂、愤厉，而又悲哀至于毁灭点的节奏——我及我的民族是受到了极度的，人世间再无以复加的创伤，且无以自解的耻辱。慈悲的祖土，你不能怪我没有出息。我是曾经愤怒过，拼命挣扎过的，只是到头来都是失败与悲哀而已。我的心，此刻全然袒露在你面前，你不见这两页心房，满是疮痍吗？这一大块，活似晒枯了的苦瓜皮的可怜心是为东四省热泪流枯的余迹，你欲再从上面榨出一滴水来，即用铁压来榨，怕也是枉然！这一块鲜血的，一触即见血的，是为我慈爱的老父，永辞人间的老父而结的伤疤。慈悲而伟大的祖土，只有你才能产生他！他那雄浑而又慈悲得像佛祖的心魄以及他一生所忍受所苦斗的一切，只有你身上所负的泰山与南岳略可比拟。我此刻对着你及他老人家的以往，我不能不低头、不能不痛哭、不能不疾恨令他过度苦痛的种种！为我这私有的悲哀，在人前我不能哭，在你前，我非哭不可了！你呢？你容颜上这股深郁沈愁，明明表示你也是悲哀过度的呀。当然，你亲眼见着我们这些无聊不肖的儿孙，将你那满是血液满是生命的躯体，忍心无耻地一块块割让与异族，将你一直爱护有加的人民，残忍酷恶地用鸦片烟、吗啡、土匪、病毒、洋货等，一群群断送到黑暗无边的苦海里去，你的心何能不痛？你的泪何能不流竭？你的容颜何能不苍老？可怜的古迹，你既悲痛，我也如丧家之犬，无所依归，我们尽可抱哭一场吧！可是冷淡得可怕的时间，你如何不略一住脚，以与我们共饮一觞苦泪，以示哀感？悠久广漠的时间，你似有情，却又无情，人间的痛苦，江山的变迁，在你原不算一回事。可是我们此刻的悲哀是有要求你略止飞奔，以示哀悼的权利！

然而铁面无私的时间竟不我惜。旧时的名胜，你我的悲悼是永无止绝的，只得姑将这大掬同是天涯孤苦者的同情泪聊作一个段落吧。

经过六年满眼风沙的生活之后，又回到新都的新名胜，印象果真极佳了。陵园及谭墓的茂林修竹，暗柳明花在我干枯的心灵上，正如沙漠上的绿洲对于骆驼队一样的新鲜可爱。在这里，我感觉人生不是完全无希望的，这里一切似乎指示给我看出宇宙中原不调和的可以培植出调和来，原无秩序的可以整理出秩序来，原是丑恶的粗暴的可以蜕变出优美雄壮来！政治家若是能有治园者的手腕；我们这丑陋杂乱的社会岂不也能变为一个有秩序有调和性的优美壮健的国家吗？然而事实却不然。六年中治园者的努力竟将原是一片荒山芜田的废地，培植得琼花相对，玉树争妍，到处皆春的乐园了。六年中政治的进步在哪里？社会民生的改善在哪里？虽是不能完全曰无，可是显明的进步是不易标明出来。结症究在何处？难道治园者的手段果然比政治家高强吗？事实是：植物易治，动物难驯——尤其是我们这自命为万物之灵的怪动物。然而我以为还有一个至理在其中：就是，治园者以人的资格来治植物，是以异类治异类，政治家以人的资格来治人类是乃同类相治。以高明的人类来治无知的植物，当然容易见功。以一部分高明的人类来治同样高明的人类，问题当然困难得多。试思以少数植物来治其余的植物，其事不是近于笑话吗？然而人类却安然于此事而不以为可笑，是亦笑话中之大笑话了。然而碧眼红须的动物却能组织出相当完善的社会国家。并无所谓另一种更高明的什么类来治理他们！这又是什么理由？我以为只有自治或自然的演进可以答复这疑案。再不然，那就有一种无形的力量，一种精神的压力，一个大家认为较诸自己的生命还更重要的信仰在治理他们。我们这黑发黄脸的动物，虽然自然演进的程度有相当高，却尚不知自治为何物，更无有所谓一种共同信仰或精神力量来维系他们，而要勉强求治，是岂非缘木求鱼吗？然而以陵园谭基本身之美满而论，与它们有关系之人类是不能完全无希望的。

由陵园谭基之美观，我竟牵想到社会国家组织的大问题，我这思路的紊乱也可谓达于极点了。现在我得捉住我这驰骋的思神来谈谈这两个名胜之优点。六年前未竣工的陵园在我心灵上所发生的印象颇有些缺憾。这次可不同得多了。因为天气炎热的关系，墓前的最高处，我始终未能上去，所以居高临下的壮观，我无从道一字。但是立在前面各处时，我已尽情感觉其豪华富丽与轩昂的气概。然而一种英明其妙的不适惬不息地侵入我的心头。我宛然觉得不是站在自己的国度里，似乎一种异国的情调氛围绕住我。这里树木配置的匀称，花草铺陈的有致，建筑的壮丽，可谓尽人工之美了。然而这个美的节奏不能代表我们民族，不是从我们民族性灵深处发扬出来的！这个音节是喜悦的、飘然的、活跃的，不比我们在北平古建筑物前所感受的音节是沉毅的、雄浑的、深思的。仿佛一是法国音乐，一是德国古典派的音乐。我不能称彼美于此或此优于彼，只是种类之不同而已。在愁郁深思的时候，我愿立于古建筑物的前面，任我的心灵去与古人谈着已往的慷慨悲歌的盛事，谈到好处，共掉几滴伤心泪。可是舒畅心广的时节，血管里的生命盛旺时，我也高兴来这里盘桓。陵园所代表的莫非是我们尚未经验到的那种有活力、生气蓬勃而正方兴未艾的未来中华民族吗？

曾几何年前谭组庵先生仍留人世，而今则已是占有新都最幽妙的地方的古人了。时间，你的食量可真算不小。自古以来，在你黑暗的口内消灭的生命，究成一个什么数目字？幸而你的生产力是与食量相等，或许更大一些；不然，这地面不是要渐渐成为整片沙漠吗？其实，你的食量与生产力都一样无聊，就是你本身的存在也是大可不必！可是你，你只能在活人面前玩花头。对于孙、谭二老，我的爱父，以及恒河沙数的古人，你又能施展什么威风？时间，你不必这般压迫我，我将有一天也会不感觉你的。

但是，我虽悲痛，却不该咒诅时间。这目前的一切不是时间的赐与吗？这重重叠叠，愈入愈深，愈深愈绿的幽境，不是时间的培植，又从何而来？我在这浑厚沉壮，不露锋芒的谭墓环境内，又不得不惊叹时间与治园者的成绩。满林的硕干老树非时间的抚养不能成就。治园者能不辜负它们而能组织成这个特有所在，诚亦有几分本领。谭墓的优点在其有曲折、有含隐，威而不露、富而不丽的气概。若谓陵园象征活跃的、盛旺的、行将复兴的中华民族，谭墓可说是中华民族已往四千年光荣历史精神的具体化。

新都，你的旧名胜困于沈愁之中，你的新名胜尽量发挥光大着。可是你此刻的本身咧，却只是一个没有灵魂的城池罢了。这话似乎来得奇突。城池难道也有灵魂的吗？当然有！英国十九世纪大诗人渥寺渥斯在伦敦的西寺桥上经过。伦敦的伟大灵魂被他诗人的灵眼发见了。他将这发见收入在一首诗内。我现在以简明的散文将诗译出如下——

大地再不能有别的来表现更壮美的了：
那人一定是性灵笨重，若他能轻易
走过这堂皇动人的景致：
这个城池，如蒙华服般，
此刻正披上了晨曦之美。

沉静，光赤——
均是向天坦露在田野里，
船只、尖塔、圆顶、戏院、寺庙——
一切皆是光明而灿烂，
在这丝烟不晨的大空中。

太阳初升的光荣，
沉缅着山谷、岩石、山岗，
从不曾如这般绚缦。
我永未见过，感觉过
这样深沉的恬静。

河流一如欢意的轻流着，
慈爱的上帝呀！
就是房屋也似安然清梦着；
整个的壮伟心魂，
是在宁静的休憩着。

此地渥寺渥斯所指的："整个的壮伟心魂"是伦敦全体居民所结聚的一种精神。在渥氏那天清晨看起来，伦敦的壮伟心魂正在安然沉睡着，可是它醒后之活动、行为与气概，就可由这诗外之音想见梗略了。一个城池当然有它自己的心灵。巴黎、柏林、纽约、莫斯哥、北平，哪一个城不有它特别的精神与气质？换言之，哪一个城不有它的城袼，正如人之各有其人格一般？新都，你除了陵园谭墓还足以自矜外，更有别的可引以自重吗？不错，你有几条马路，几座殿官式的衙门，不少的洋式官舍与私宅。然而我每次在这些衙门、官舍与私宅前经过时，我总觉得它们多半是些没主宰的空虚的躯壳，它们实在一大部分是些魂不附体的空建筑，因为主宰它们的灵魂或许是往上海洗浴去了、理发去了、跳舞去了、看电影去了、买物事去了，与情人或妻子厮混去了，再不然，就是在北平牯岭外国闲逛去了！

新都，你只需举目一望，在这浑圆的大好地球上面，你能发见多少像你这般空虚的都城？你是个政治的所在地，但是政府人员多半不以你为家，即或每周或每月来看你一次，也无非是为着点卯或取薪水的缘故。新都，此岂非君之辱，君之耻吗？试问在这种散漫空虚的生活里，你如何能产生、营养、发挥一种固定的、有个性的、光荣的文化出来？你若没有这种文化，你的城格从何而来，从何而高尚？你被立为都城已经不少的时间了，然而全城不见一个可观的图书馆、一个博物馆、一个艺术院、一个音乐馆、一座国家戏院！你这种只有躯壳而不顾精神生活的存在，实在是一种莫大的没面子！新都，你如欲在这天地人间堂堂皇皇的立得住脚，白天不畏阳光的金照，夜里不忌月亮的银辉，你就非将你的心魂捉住在家不可，非创造出一种轰轰烈烈的特有文化不可，不然，你如何能代表伟大的中华民族而向世人说话呢？临别珍重，幸勿以吾言为河汉。

新春感言

在这绵绵不断，不知何处是头，更不知几时是尾的时间里，我们又来到了一个小小窄狭的门限之前了。在跨过这门限，步上又一年的当儿，我们不得不站住了脚，向前后瞻顾一番。在最近已往的这些年华中，人事与国事在我们各个的性灵上所堆积的伤痕与泪迹，就是并太平洋与大西洋的水，怕也难于洗涤得干净。唉！这些已往的事迹，我们不必去追究吧。就是追咎亦有何益？还是让我们来细心看看当前吧。喂！这前面偌大的一团，圆圆浑浑转动不息的，是什么？是一只火力已经烧尽，造物任意委在空中，使其自生自灭的焦球吗？是一只中空外脆，一触即炸，造物造之，亦任意毁之的气泡吗？不！不！这不是已成废物的焦球，也不是原来空幻的气泡，而是一个满是生命，满是实物的星球呵！造物原先把它从太阳里抛出来，使它在空中独立生存，不偏不颇的运行着，当有深意存焉！你瞧，这上面不是载着荷马与李、杜的诗歌，沙士比亚的戏曲，孔、孟与亚里士多德的哲学，耶稣与释迦牟尼的宗教，万里长城、金字塔、古希腊的雕刻，以及其他千千万万光明灿烂的奇迹吗？造物的深意是永远在摸索着、追求着发扬的机会。我们人是天之骄子：在这地球上惟有我们人才有深切的情感、明哲的理智、公正的是非心，天的意旨必借我们来发扬、来光大。可是天之骄子的我们呀，此刻为何这般穷困，如此凄怆，凭地愁苦呢？大地上的万物不也是与我们同样地露着桔槁的容颜、苦闷的气象吗？呵！不错，原来我们与物类都是感受着暴力的威迫：魔鬼投形的武力是在任情残杀，朔风是在任意摧撼，淫雨是在称心戕贼，厉冰是在肆意欺凌！可是，别愁，天地间必有至理与常情，非任何恶势力所能转移的。惠风在南方，生命在地里，力量在人间。你瞧，风头不久就会转，人间的力量正在储聚着呵，万物的生机正在收敛着呵。朔风、淫雨、厉冰、武力，你们此刻虽是暴虐横逆，直撞横冲，肆意残杀，然而这是不能持久的；你不看，春意一动，慈风惠雨就会把你们驱逐到北极穷荒的所在去；人心一动，正义公理就会泛滥于人间，将暴戾的武力消灭到地狱里去，万物又将焕然生动，人类又要扬眉吐气了。生机在万物，力量在人间，让我们赶紧储聚着呵，准备着呵，时机一到，物我同欢，暴力何足畏也！暴力何足畏也！来，来，让我们大胆直步，跨过这门限，步上又一个年头，奋斗着、猛进着、沉持着；生命在前面，光荣在未来，在这绵绵不断的未来！

论戏剧创作

近来研究戏剧，评论剧本的人数，渐如过江之鲫，不易指数；对于评论的标准，更是意见纷歧，莫衷一是。甲曰：著者拟陈述一义，可惜工夫不足，未能成功。乙曰：作者意在解决一问题，可惜理由不充足，未能圆满论定。丙曰：此篇的剧中人物，言语行动，皆与常人相左，技术上未免欠周全。我们若认甲的标准是对的，作者尽可去著论立说，不必白耗精力来写剧本。若乙的是对的，作者盍去写科学论文，又何必白卖气力来虚构事实？如丙的是对的，作者实可不必多此一事。人世间有的是常人，千千万万的生存着，还不足以供吾人的欣赏，而定要杜撰些人物以引吾人的啼笑？

但是创作必有创作的真意义，批评必有批评的真标准。

我们开宗明义的第一个问题就是：为何有人要写戏，又为何有人要看戏？看戏看到好时数千人的视线，如一把电光，集注在台上，不让那些由一人的脑筋所创造的人物的言语行动，丝毫逃过；而四周则有一种神秘的静默笼罩着，仿佛此一时中天地间的一切，都集中在这数百尺方圆的屋顶下。这里显然有着一种性灵与性灵间的合作现象。这种现象，简单言之，就是作者有一种非要人家看见不可的什么，而观众又非要看见这什么不可的了。此语的重要性不易显现出来，如果不加上一句：我们在日常生活中素来就不看见，而只是望见。看见（seeing）含有赏鉴的意味，望见（looking）怀有目的的用意。我们平日之所以只望见而不看见，则是因为生命力，不息地逼着我们活动（doing）。

人是一种活动的动物（doing animal）而不是观看的动物（not seeing animal）。我们是一种特为生存而设的机器。我们的种族与个人的教育及训练无一不是朝向这生存的目的着想的。谁家父母敢将儿女教成只是欣赏的人物？当然不敢，只要生来是人，他就非在生活的问题上注意不可。他非学一门本领去养活他自己及家属不可。事实是：人生的基本意趣就是活动。我们为活动而生，为活动而受教育与训练。我们的五官心脏无一不是绵绵不息的活动着。原是一片荫森清翠的森林地，到处泛滥着新鲜澄澈的空气，多怡人！多悦目！然而我们的活动力不容它存在：非把工厂建筑起来不可；非让一阵阵龙蛇般的乌烟，从烟囱内滚出来，把原有的好空气污秽化尘垢化不可。原是一汪清澄碧绿的港湾，鱼虾龟鳖，优游自在的泳行着，多闲雅！多别致！可是我们的活动力不容它存在：非把码头筑起来不可；非引起成群结队的船只，跄来跄去，将原有的清水搅成臭水不可。原是少数人过着清闲日子的地方，鸡鸣犬吠，邻里相闻，多朴实！多自然！然而我们的活动力不容它存在：非把大都会建设起来不可；非把万万千千的人民关住在一个场所，过着地狱式的生活不可。你若追问人类为何要这样活动，这活动所引到的最后目的地在何处，那就无人能有一个确切的答复，因为这秘密仍握在上帝的手中。

有人一定要说：活动固然是我们的天性，可是在活动时不也要看见吗？视觉不是我们活动的一个最重要的条件吗？

视觉固然是活动的重要条件，可是为生存的目的而活动时的看见与我们不怀目的而欣赏的看见不是一回事。前者只可说是望见（looking），而后者方可说是看见（seeing）。佛哀（Roger Fry）氏在他的《视觉与绘画》一书内所说的一段话，虽是依据绘画而立论的，却于其他艺术，亦同样有效。他大意说：

> 我们实际生活的种种逼迫是如此重大，竟将我们的视觉练成极其专门的一种机能。一种自然的经济作用使我们只看见非看见不可的东西。这所看见的却委实不多，只足证实或认明人与物而已。这部工作完结了；所证实了的或认明了的，都一一登记在我们内心的目录里面，我们再也不真正的看见它们了。在实际生活上，一个普通人，每看一物，无非将他的内心经验在四周物件上所贴的封条翻阅一下，并不再多看见别的了。一切与我们日常生活有关的事物，多少戴上这样一顶藏隐的帽子（cap of invisibility）。

这顶帽子将我们四周的物件，多少掩盖一部分，不让我们看见一物的全体。因为我们为要达到一个目的而看一物时，用不着看见它的全部（whole），只要看见它的几种品质（attributes）就够了。譬如，一个普通人看见一只老虎。在他逃避时，或举枪描击时，他只注意到它的猛力、凶恶及吃人的习惯。至于它的皮毛的粗细，颜色的配合，耳朵及尾巴的式样，它整个的形态，是不会注意得到的，并且也无须乎注意到。所以凡与我们生存有关的活动所看见的，只是事物的几个品质。至于真正的看见，欣赏的看见，是不怀目的的，是为物体的本身而去赏玩的。这种看见是看见事物的"实在"（reality）。怀目的看见只是"望见"事物的"真理"（truth）。"实在"与"真理"不是一回的事。"真理"是关于"实在"的论说，是由分析"实在"为各种品质的结论。我们的智慧只能求知"真理"。至于"实在"不是仅仅智慧所能求知的，还必有天才直觉等的助力，才能见到的。

人是一种活动的动物。但是活动要有些什么条件？第一、有活动必有结果（consequence）。其实"望"（有目的的看）就受结果的限制。"望"纯为着要活动，要做一样事，才望的。既然做了，就当然有结果。第二、活动必有接触（contact），因为活动必是做一样事体，在做的程序中，接触是免不了的。第三、活动必有详尽的知识。若对于一事没有详细的了解，那事就无从做起。这三个条件是活动时所必具的。但是在欣赏的程序中，这三个条件都不存在了。欣赏的看是无结果、无接触，且不必有详尽的知识。这里显然包含着时间或空间远隔的意义。所以我们对于别时异地，容易发生欣赏；对于现时现地，容易发生鄙视。譬如，提起我们日常所见到的武汉，我们心中发生不了多大的兴奋；若是谈及巴黎、雅典、罗马，我们心中就不免浮起种种幻想。这是空间隔离的影响。时间的隔离也一样有关系。假如有人忽然长叹曰：我的现在！我们必定愕然相视，以为他的神经有些错乱。可是他若长叹曰：我的幼年！我们一点不吃惊，似乎一个人的幼年自有可玩味，有令人不堪回首的意境。我们对于一件事物缺少详细的知识，也能增加我们欣赏的程度，因为这种

缺陷可以免除我们去看见它的用途与品质而去作那种怀目的的
"望"。所以凡与我们实际生活关系愈远、接触愈浅，而我们又
无详密知识的事物，我们愈能欣赏它，愈觉得它有意义，因为可
以见到它整个的"实在"。人生最不可解的是死，而这种时间与
空间的隔绝更是不可挽救，所以死的意义最深。我们对于一人任
如何嫉恨、鄙视或爱慕、崇拜，只要他一死，一切都变了颜色；
他所留下的只是一个整个的印象，及他一生所表示的意义。

　　所以我们的结论是：如将一人置于一种不能"望见"的情形
之下，他就会自然的欣赏起来。

　　但是欣赏究有何意义与价值？普通讲起来，价值原有两种
说法：一是用途的价值，一是本身的价值。由前者而言，一物本
身无价值可言，只对于另一事有用处。一辆汽车除了能很迅速
的将你送到一处以外别无价值可言。一支笔除了能使你写字以
外，再也没有别的价值。就后者而言，一物自身就有意义，用
不着与别物发生影响。英国有一个政治家曾说："世间最无用的
学问却是最好的学问。"这似乎是一句很奇怪的话，却再真实也
没有的了。一个爱诙谐的人曾祷告曰："愿上帝祝福高深算学，
使它永远于人无用！"这似乎是一句笑话，其实亦是再有意义不
过的了，只有近世物质主义笼罩一切的时候，才以为可笑。事实
是：世间有许多事物是有独立的价值，不倚它物为用的。你如问
一人："他何以要生存？"他必曰："谁也要生存，生存是人的
本性。"这就是说生命本身是有原有的价值与意义。生着总是好
的。任你如何穷病潦倒，你也是要生着的。生命中有许多经验是
有这种原有价值与意义；并且生命本身的可贵，也就因为有这些

无上的经验。欣赏就是这些可贵经验中的一种。读一首好诗，观一幅美画，赏一片佳景，看一出动人的戏，岂不是人生值得的经验？

就上面所说，欣赏是可宝贵的一种经验，欣赏是无结果与接触的，因为若有结果与接触，我们就有顾忌，就不能尽情赏玩。现在我们要更进一步的讨论那"不必有详尽知识"的问题了。我们要欣赏一事物，当然对于它要有相当的认识，可是所认识的，不是它的"品质"而是另外一样什么。"品质"领我们见到它的"真理"，这另外一样什么领我们见到它的"实在"。我们说青年可爱，因为青年有无限的前途，无限的未来。他的种种的可能性，都在我们的幻想中放着异彩光明。这里可谓毫无认识的可言，因为谁也不能知道未来，完全只是幻想的作用了。但是一个白发银须的老人亦有其可欣赏的所在。这里就不能说没有知识了。不过这知识是幻想中的历史，不是详尽确实的历史。如有人要你将一个老人一生所经历的职业，所住过的地点，及其确实的日期，详详细细的说出来，你一定觉得这与他为老人所表现的意义，简直不相干；不特不相干而且很相反，因为正如迷恋于一片美丽的风景之中，是一回事，坐下来将这景中所有的动植物及其地质的构造记载下来，又是一回事。老人所代表的意义是"实在"，他的确切历史是"真理"；美景所表现的是"实在"，其中的动植物及地质是"真理"。"实在"是由幻想的深远活动所见到的一种本性（quality），不是其中某物的本性，而是当前各物综合起来所产生的一种本性。这种幻想的活动是如此的深而且远，简直出乎寻常理智能力之外。所以"真理"可由，且必由

"实在"而来；但是"实在"的真质（true substance）却不能只由"真理"而得。

是以在欣赏时，重要并不在知识本身，而在于已知者之上，再觉悟到种种知识的可能（The Apprehension of the possibilities of knowledge beyond what is known），就是由已有的知识领到一种神圣的愚昧（Divine ignorance）。"知识应是最能促进愚昧"，似乎是一句很奇怪的话，却是一句真话。"一个人的智慧，不应以其知识之范围而定，而应以其愚昧之度限为准"，亦是很可玩味的语句，因为一切真知灼见必引到一个更为远大的愚昧的境地。真知识与假知识之分，即在能与不能促进愚昧之别。艺术家最可宝贵的英过于"想象"（vision）；"想象"却只能在愚昧的广大范畴中工作，虽然它或许要相当的知识做一个起点，正如飞机的用武地本在空中，然而陆地却不可少，因为没有陆地，就无从出发。真正伟大的科学家，亦有此种想象的境界；他的愚昧的广大范畴或许横亘在星宿之间，或许在原子与原子之间。天边不必是界限，而是更进一境的起点，于科学家与艺术家都一样有意义。

现在我们可以结论欣赏的意义了。第一，欣赏本身是一个目的，而不必在实际生活的用途上有立脚点。欣赏有它本身的价值。第二，欣赏是"实在"的见到而非"真理"的认识，是"整个"的领略而非"品质"的了解。第三，欣赏不能运用智慧，智慧只可论断"真理"与"品质"，至于"整个"与"实在"只可由幻想的深远活动传达出来。第四，欣赏虽是由观看某一件或多件事物而起，而所见到的却非事物的本身，而是对于这些事物的一个概念，一个由幻想的深远活动所产生的意境。

这个概念或意境，在美学上，名称极多。摩根（Charles Morgan）在他的《戏剧幻觉》一文内称为"幻觉"（illusion）。叔本华在他的哲学内，称为"解脱幻觉"（disillusion）。尼彩在他的《悲剧起源论》一书内，称为"又是幻觉又是幻觉解脱"（illusion and disillusion）。又有人称为想象或幻象（vision）。这些名称之不同，自然因为各人所论据的立脚点有异，然而大概言之，皆与我这里所称的意境多少有些相似。摩根解释"幻觉"所说的一段话，最能说明这欣赏中所产生的意境。他的大意是：喜欢看戏的人有时会感觉一剧的一种无上的调和———一种神秘的力量，超然的有逼迫性的，浮荡在剧情与观众上面似的。这力量不止于使你愉快，或教训你，或是涤洁你的情感——（如亚力士多德所说的），而是赐与你一种幻象（vision），一种神游物外的与你平日的自我不相同的感觉。这种神秘的力量即是幻觉，这幻觉产生的程序总是一样——起先你感觉一种震惊；震惊之后，一种内心的平静；从平静中涌出一种力量，使你整个的性灵起了变化——真正变化你自己，而非只是变化你的意见。这种性灵的变化，既不是理智的劝服，也非感官的诱惑，又不是作家或戏子单独的或合作的能力所产生的，而是全剧包围的动作对于性灵的影响。我们自然而然的被征服了，被变化了。一切外面的感觉，都没有了；只有内心性灵的感受。

我们现在可以回答开首的第一个问题：为何有人要写戏？又为何有人要看戏？要写戏的人当然是因为他有这么一种意境、幻象、或是幻觉。这是他性灵中的宝藏，是一种有原有价值的经验，是上帝赐与他的使命，他非传给别人去经验一下不可的。要看戏的人当然感觉这种经验之可贵；为人一世，非得间常去感受一下不可。一个人的肉体，常感觉沐浴的必要。一个人的性灵也当然须要这精神的刷洗。

论至此，戏剧创作的真意义，批评的真标准，也就不言而喻了。每一篇作品，不拘它的形式如何、命意如何、结构如何，只要它对于观众或读者，能产生如上面所论的变化，使他们能欣赏得到他自己已见到的意境、幻象或幻觉，那就是一篇货真价实的成功作品了。批评家所要求的，也只应要求作者做到这一点。

要做到这一点，谈何容易？这种能力不是勉强学习到手的，虽然学问是不可少的成分。如果可以勉强学来，那么世上的梭福克力士、沙士比亚、易卜生等，就不足为奇了。戏剧对于观众的影响是包含一种神秘性，然而可用一个具体的例子来说明。一个友人家中新近挂在客厅内一张照片。照片的背景是我素来认识的女生宿舍前面。我初次从远处见那照片时，不禁吃了一惊而自问："女生宿舍前面，几时有这么一排好看的栏杆？我怎么一向未注意到？"及至走到面前仔细一看，原来不是栏杆，乃是一排女生足球战后所留的影。她们排列整齐的程度，真是入了化境。她们将各个的单位完全掩没了，共同组织起来，发生一种调和，产生一种意境或幻觉。戏剧与这照片，其艺术的意义相同，只不过艺术的深浅有异而已。一篇戏剧内的人物、对话、情节、布景、音乐等等，虽然各个或许有各个的特点，然而共同的目标是要产生这一种惊人的调和、动人的意境或幻觉。如果不能达到这标准而特别自诩为创作，那就无怪乎人家见了唇边要泛上不敢恭维的浅笑了。

此篇的材料多半出自

Watching a Play by C.K Munro

Dramatic Illusion by Charles Morgan

Birth of Tragedy by Nietzsche

沙斯比亚的幽默

有人求某君将幽默，下一确切的定义。某君一时无以为答，谢之，以待明日。迄至明日，则觉非有一周不能对付这问题。一周以后，又觉非一月不可。一月以后，问题现得如此复杂，他索性迁避乡郊去住一年，以便将此难题肃静地推敲出来。一年以后，他决然弃置本来行业，宣言从此将以毕生来攻究这问题。不久以后，此人竟寂思以死。（注一）

幽默之难于定义，这有名故事，形容得再淋漓没有了。我们此刻欲为幽默下一确当的定义，恐亦不免于寂思以死。然而若只限于仿佛言其所以然，而不涉及定义，其影响谅亦不至于如此郑重。今欲释明幽默，最莫善如先问什么为"可笑"（comic）。"可笑"之义先明，幽默之义自解。

照心理学而言，"可笑"的经验似乎包含两种基本成分：（一）一种突然的身心（psycho-phy-sical）的震动，继之以一种顿时的松爽。震动以前存在着一种紧张，松爽乃震动的结果。（二）同时发生一种意识活动的，也许更属于分析性的鉴别。鉴别的内容，不只限于震动与松爽，当时引起这震动与松爽的情形亦在内。由震动发生的摇撼与松爽，皆足令人愉快；然而必经过识别，我们才能恍然于整个情形的意义。意义既明，我们始能欣赏领略，放在心中玩味着，如享用珍肴美酒一般。

在我们所享用的"可笑情形"（comic situation）之内，宛然有两种相反点对峙着。兹为便利起见，姑名此两点为第一位与第二位。第一位必占有郑重、端庄、严肃，或体量重大的质分。此种质分忽因某种原由而解体了，由是产生如上面所描述的经验。经验产生之时，即乃"可笑"实现之候。即以柏格森在其《笑》一文中所注重的喜剧作例：台上一位很庄重而严肃的胖先生，忽然一跤滑倒了，台下必拍掌大笑：此种笑即是喜剧之笑。我们所笑的是一个灵活有生气的活人忽变为一个木偶。

我们对于这"可笑"的愉快一半是由这矛盾所产生的震动及其快意的刺激而来，一半是由这震动后所发生的松爽而得。我们的身心都遭遇了摇撼。此种摇撼若非过于暴烈，则其本身即是一种愉快。然而此种愉快仍不属于"可笑"的范围，若是其中缺乏鉴别，有着摇撼而同时鉴别到由郑重庄严重大而降落到平庸与普通的反点上，才算真领略了"可笑。"震动与松爽是主观的，由第一位至第二位的鉴别是客观的；二者皆不可缺其一。可是后者较诸前者，更为重要而更含可笑的真谛，因为这转移使得全世界都相亲近，使我们感觉这笨重巨大的东西原也能跳动，这高不可攀的人物原也不过如其余的人类一样，只是上帝用泥土捏成的。

在一种"可笑的情形"之前，最重要的是我们对于第一位不过于表同情。如果同情太大，就无从受用由第一位转移到第二位时的可笑，不特不以为可笑，而且要担心着急，甚至于以为可怜可哀！（注二）

"可笑"（comic）的含义如此，幽默（humcu）究为何物？

幽默当然包含"可笑"。幽默的即是"可笑"的，然而加上个不同点。这不同点，就是人类相互的同情心。在"可笑者"之前或"可笑的情形"之前，我们的态度是比较的客观，仿佛前面是个大不相关的景致，我们的心不能发出多大的热气，我们的笑多少带一点冷酷。在一个幽默者之前或幽默的情形之前，我们的态度是比较的主观，我们的心是热温温的，我们的笑是带着慈和与友谊。

幽默最初的字义，只是潮湿（moisture）。由潮湿之义而扩张到现在的含义，其原由在于中世纪一种人体学说：西洋古人以为影响于人的性格的原动力是人体中各种液体如水醋血等。如果一人体中这些液体调和得合度，则其人的性情一定平和良善，反之则脾气乖僻。因此，幽默一方面表示人的整个的性格，一方面又表示性格中各种特殊异点。彭约荪（Ben Johnson）的《每人在其幽默中》及《每人不在其幽默中》（Every Man in his Humour. Every Man out of his Humour）即将幽默用来表示个人各种特别脾气的好例子。这种特别脾气当然是引人发笑的最大根源，因此，凡属可笑的皆归入幽默，又这种特别脾气当然是机智者玩弄人的好材料，谑者与被谑者之间的往来舌战，言锋语刃，各不相下，或彼胜此败，或此胜彼败又皆划入幽默范围之内。是以幽默一字包含整个的人性，机智的诙谐，以及各种可笑的脾气或情形。然而在言语演进之中，这样一个含义过广的字，当然要渐渐的专门起来。于是，诙谐舌战之时，如果谑者的态度只是冷眼的赏识而不加以丝毫同情，则是种诙谐已脱离幽默的范围而为纯粹的机智（witticism）。若更进一步，谑者的心中怀仇意，笑中带嘲，语

中带骂，则是种诙谐已完全不是幽默而只是嘲笑与刺讥（scorn or satire）。（注三）

幽默与可笑、机智、刺讥的异同既已如此，幽默与喜剧（comedy）的范畴，亦不能不加以说明。幽默在喜剧里面固然是个重要成分。然而喜剧之为喜剧并不因幽默之有无而定。喜剧可以包含可笑、机智、刺讥、幽默种种成分的总和或分和或单一。如果作者之用意纯在乎取乐，则其机智与幽默的成分必多于可笑与讥刺，如果用意在刺讽则反是。且幽默不限于只在喜剧里而施展手腕。悲剧历史剧诗歌小说散文等皆可以有它来增加风姿与魅力，引起兴趣与滋味，如水面上的涟涡一样分外添上一番点缀。

英国人的幽默是西洋文学上一种特殊的产物，而英人亦常引以自豪，似乎此为其他民族所望尘莫及的一种特殊天才。笔斯特列（J．B．Priestly）在其《英国人的幽默》（English Hu-mour）一书内，将这特殊天才比拟得十分深微有致。他约略这样说：

"我们可以说这个内心的空气，这个性灵的天时，即乃英国人的幽默的秘密。正如真正的天气是英国怡人悦目的风景的秘密一般。我们的田园、森林、山坡，常有一种轻烟笼罩着。烟是如此的轻淡而飘渺；在它的笼络之下，坚硬的叉角消失了，颜色匀淡而调和了。忽然中田园会蒙上一层银光；森林会弥漫着金烟，山坡会披上一层熟透了的醉李色的烟波；远天却不知几时泛上了种种柔丽的光彩，仿佛有水彩家不息地挥描着。此即是灵活的、朦胧着眼的、而娇柔脜䐌的英国的山川。此亦即是它的艺术家所欣悦而同时又绝望的好风光。英国人的性灵也就像它这风景。在那里面，也有一种轻烟笼罩着，将意见的硬角坚叉抹去了，将情欲的颜色调淡了、混合了。理性当然在那里，然而并不超乎一切，战胜一切，并不竖起它的金字塔或尖顶石柱，也不划出悠长的大路，让理智的队伍去自由冲撞。英国的山川不是像地图一样的，袒示着它的面目。在那里，什么都不十分清楚，界限当然看不见；坚固的土壤，固不待言，是在那里的，然而阳光与轻烟给它渲染成一种朦胧的幻境。取去阳光，则一切都呈灰色，转眼就显得笨重而淋湿了。拂去轻烟，则光赤的大地战颤颤的躺在阳光里，任何幻境也消灭了。英国人的性灵也是如此。在这里忧郁与欢乐，如太阳与轻烟，光与影般，徘徊荡漾着。夺去这性灵的轻烟与光辉，则其妩媚亦随之而绝，所给与我们的只是那种呆睛钝眼刺讽派的英国人。幸而在英国文学的久远光荣中，那光辉与金色的轻烟，永远地泛滥着。"

在这光辉与金烟下的人物，对于人生种种问题，并不是完全无标准。标准是在那里，如大地上的土壤然，只不过不是斩钉截铁，光赤坦露的，因为光辉与金烟给它们美化着。在这美的世界里，什么奇行幻想，怪态偏见，都有任意顽皮嘻笑的自由。彼此有同情心，然而也有厌恶心。只要你的顽皮嘻笑不是可恶的、冷酷的、残暴的，大家都可以原谅，而且可以同你大笑一顿。若是你的行为超过了只是顽皮嘻笑的范围，而心后别有所图，则厌恶心也就不给你情面。有人给幽默的定义是：游戏地思想着，恳切地感觉着（Thinking in fun while feeling is earnest）。有幽默的人，对于人生种种，并不从理智方面去解决。他们不以为宇宙是能以思想去深入的。他们在任何工作方面都可以去苦干，然而并不须要任何学说或主义去维持他们的努力。当他们的直觉告诉一张门是敞开着时，他们不再往别处去探求钥匙。所以他们的思想不一定要抱持任何实用的目的；他们若是思想，思想的态度多半是游戏的。有幽默的人的情感不是从早到晚摆在口头唇边的。他们不能利用情感去装饰一种已由理智决定了的生活方法。他们的情感必定深而厚，虽然流露的面积或许是很狭隘的。他们觉得情感是他们最亲切最深沉的自己。若是随便流露出来仿佛是出卖他们最重要的秘密。所以有幽默的人如果有感动时，则其感情必恳切而真挚。总之，有幽默的人生是一种健全、和谐、宽大、诚挚而富于同情心的。

幽默仿佛是英国人的特色，沙斯比亚是英国文学史上最炫耀的光荣，所以他这性灵上的光辉与金色的轻烟如何泛滥着，即是值得我们在这里凝神欣赏的理由了。

法国人将幽默分成三类——

（一）机敏的幽默（Mot d'esprit）这类幽默只是字句本身的机警有趣，就是断章取义，也不失其风味。譬如，槐尔德的《少奶奶的扇子》里面一个人物说："我什么都能抵抗，只不能抵抗引诱"（I can resist everything except temptation），就是一个好例。

（二）情形的幽默（Mot de situation） 这类幽默的字句本身并不能引起任何兴趣，然而在某种特殊情形之下说出来时，可引起极大的欢笑。

（三）性格的幽默（Mot de caratere）这类幽默的字句在某种人最能流露衷心人格时说出来，是能引起莫大的欢笑，不特能令人发笑而且在听者的心内往返流连着，如同一个火把，照见言者的内心人格。在涉利顿的《谣言学校》里面，蒂则夫人说："我想你应该喜欢人家说你的太太是个有风趣的女子。""风趣！呸！"她的丈夫生气的答道，"你嫁我，就是没有风趣！"在这两句对话里面，机敏、情形、性格三种幽默的特点都一并表现出来了。（注四）

莎翁的幽默当然也不超出这三类的范围。他的幽默散布在他的全部著作内，尤其是第一类的机敏，就是在最悽怆悲惨的悲剧内，也会如闪电一般，冲破幂幂的云堆来给人一点光明，虽然这光明也许更增加人的寒栗。现在我们欲将他全部著作的幽默一一搜罗爬剔出来似乎为篇幅所不许，亦似乎可以不必。兹只就其最有名而最有趣味者，加以检讨。

（一）墨丘西阿（Mercutio）及柔丽哀的乳母。（注五）《罗密阿与柔丽哀》（Romeo and Juliet）是一部极哀艳的爱情悲剧。莎翁将这两个幽默的人物放在里面当然不是为增加悲惨的效力。这部悲剧是根据布罗克（Romeo and Juliet of Arthur Brooke）的一首诗而写的。诗内也有这两个人物，然而只不过略略涉及而已，真正的墨丘西阿与乳母是莎翁自己那冒金烟的金炉内熔铸出来的。墨丘西阿是个豪放不拘，诙谐义侠的公子哥儿。他的明晰的理智是作者特意用来反衬罗密阿富于幻想的情感的。只看第一幕第四场内他那段形容梦的谈吐是多么机敏豪华！罗密阿不想参加仇家的宴会。墨丘西阿询其原由，罗则曰"我今夜做了一梦。"墨曰，"我也做一梦。"罗问，"你梦见什么？"墨曰，"梦见做梦的人常是撒谎。"罗曰，"人在做梦中倒常见到真实的事体。"于是墨将梦神描摹得意态霏霏，真如梦般有趣，她的服装如何轻淡，她的车马如何渺小，她的行动如何伶俐。"这样地她整夜跳动着；跳到情人的头内，他们就梦到爱情；跳到侍臣的膝上，他们就梦到行直礼；跳到律师的手指上，他们就梦到酬金；跳到女人的嘴上，她们就梦到亲吻……跳到牧师的鼻子上，他们就闻到新采地……"这样如川决如河流的把梦说得天花乱坠，令人不得不笑意横飞。最后，罗曰，"停止，停止，墨丘西阿，你简直在说空话。"墨曰，"当然，我是在说梦，梦是闲散头脑的子孙，原从子虚空想得来的，……"在第二幕第四场内他与罗密阿那段"白刃交兮宝刀折"式的语战，实非译文所能传达，只好待读者去欣赏原文。然而在第三幕第一场内他又是多么英勇，多么义气，罗密阿因为热爱世仇家的小姐柔丽哀，故柔丽哀的表兄当面骂他做下流，他也不反攻。墨丘西阿却感觉朋友的面子有损，挺身而出，义愤的叹曰，"这种冷静，丢脸，卑鄙的投降！让我来一剑洗清……"于是义愤中带诙谐，诙谐中含侠气，一直与敌人勇斗而死！这是何等光荣，何等可爱，然而又何等幽默的墨丘西阿！

柔丽哀的乳母是文学上有名的一个乳母。她虽是在古罗马一个世家人家喂奶，把柔丽哀喂成这么个热情的妙龄女郎，她却是个英国道地的民间产物。她的老家不是在伦敦附近，就必在哀温河的两岸，因为莎翁准是亲眼见过她的，不然，她不能如此逼真如此活跃。在第一幕第三场内，柔丽哀的母亲叫女儿来原是征求她对于与巴梨斯联婚的意见，乳母却在旁东扯西拉的将柔丽哀的幼时情景说了一大堆。就只隔奶这件小事上，也占据了将近二十行，她的多言也就可想而知了。最后，她说起柔丽哀小时跌一交的情形了。"嗳，真的，她那时候会到处跑到处撞的了；就是隔奶的先一天，她撞破了额角：我的丈夫——上帝祝福他的灵魂，他是个热闹人——把她抱起来：'喔！'他说，'你扑脸跄下去吗？你将来长得伶俐一点，就会仰后倒咧！你会不会柔？'嗨！我的老天爷，这个美丽的可怜虫即刻停止了哭，回答道：'嗳，会的。'你看一个笑话就成了真事！我活一千年也不会忘记这个：'你会不会，柔？'他说：美丽的傻瓜就不哭了，即刻回答：'嗳！会的。'……唉！我真不能不笑，想到那个'嗳，会的。'然而我当真告诉你，她额角上碰上了鸡蛋大的一个包；碰得好险；本来哭得不得了；'喔，'我的丈夫说：'你扑脸跄下去吗！你将来长成了人，就会仰后倒咧，你会不会，柔？'她就停止了哭，回答一个：'嗳！会的。'"唔！这个老太，就是柔丽哀命令她停嘴，她仍要噜嗦几句。粗野是再粗野没有了。然而你看她在第二幕第四场内，却又是多么忠实，多么爱护她所抚育出来的小姐！柔丽哀与罗密阿一见倾心之后，打发她去探访他的消息。她在路上受了墨丘西阿的奚落，很不受用，然而仍是向罗密阿说"……我的小姐打发我来探访你；她吩咐我向你说的话，我留着不告诉你；让我先来嘱咐你一句；若是你要把她诱到傻子的乐园里去，像一班人所说的，那你的行为，如他们所说，就是很粗鄙的，因为我们的小姐只一把儿年纪，所以，若是你对她有二心，那真是对待一个小姐很坏的事体，并且是很懦怛的行为。"于是，在许多诙谐有趣的饶舌中，她与罗密阿定妥了二人如何觅神父以定婚媾，罗如何越墙以与柔私会。在下一场，柔丽哀如热锅上的蚂蚁般要听到罗的消息，她却时而累得腰痛，时而走得脚酸，时而问她的母亲在哪里，种种托词，种种笑态，不肯说出来。最后，她满足了柔丽哀的热望。可是你看她多么好取笑！"你往礼拜堂里去，我则另走一条路，去取扶梯，让天黑时你的爱者好去攀鸟巢；我是奴隶，为你的欢乐吃累，可是夜里你也就得负担。……"

墨丘西阿的幽默是机敏的，属于智慧方面的。豪华公子的态度：高兴起来，可从乌有上建筑一座玲珑的楼阁，专为朋友爽心；见义应为时，侠气要天，不惜为朋友牺牲一条旭日方升的宝贵的生命！乳母的幽默则是属于性格类的。她是个富于肉感而村野的老妇。她认为男女结合是人类最大的幸福，故此下了决心，非看到她的小姐结了婚不可。虽是话多得像王大娘的裹脚，却是个心地朴实爱热闹的可人儿。

（二）巴钝（Bottom）与彼得空斯（Peter Guirce）。《夏夜之梦》（A Midsummer Night's Dream）是莎翁的天才正是欣欣向荣涓涓始流时期中的富丽的作品。在这个五部曲的剧本内，四种各异的情节交流穿凿着，一毫不牵强，和谐浩荡，诗意横飞。尤其是那些纤微幽妙的仙人与巴钝、彼得空斯那种有肉有血的织工木匠，厮混在一块儿，而不见一点矫揉造作处，非大匠其何能为力！《夏夜之梦》真有如上帝所造的梦那么温柔奥妙！

巴钝与彼得空斯是这梦里最有趣的人，只要在第一幕第二场内听他们说几句话，你就不能不称他们为妙人。这些织工木匠们齐集在彼得家内，筹备在公爵结婚的晚上演一出戏，以资庆祝。彼得说明戏的内容时说道："哩！我们的戏是——是一出最悲惨的喜剧，是彼拿玛斯与希斯比（Pyramus and Thisby）最残酷的死亡……巴钝，你是派定了做彼拿玛斯。"——"谁是彼拿玛斯，是情人，还是暴君？"——"是情人，是个很豪气的为爱情自杀的情人。"——"这个认真做起来，要求一点眼泪；若是我做，观众就要注意他们的眼睛，我可以激起一阵暴风雨……可是我实在宜于做暴君……"彼得分派另一人做希斯比，巴钝插嘴道："若是把脸蒙起来，我也可以做希斯比；我可以用一个奇小的声音，这样说：'呵！彼拿玛斯，我亲爱的爱人！你的爱人希斯比，你的亲爱的爱人。'"又当彼得吩咐另一人做狮子时，他又插口道："狮子也让我来做，我会学狮子吼，吼得人昕了，于谁的心脏都有益处，公爵昕了也要说：'让他再吼，让他再吼。'"彼得说："你会做得太可怕，把公爵夫人及太太们要吓得乱叫；那就够把我们都上吊台。"——大家说："那就真够吊死我们这里每个母亲的儿子。"——巴钝说，"我包管，朋友们，若是你把太太们吓疯了，她们当然只有智慧来绞死我们：可是我要把我的声音尖利起来，叫得像吃奶的鸽子那么温柔，夜莺那么好听。"

后来，在第二幕第一场内，他们趁夜阑人静，明河在天的时候，往公爵的树林内去预习这悲惨的喜剧。适有许多神女仙人们也在这儿游戏盘桓着。他们选定了一个僻静的所在暂称演习舞台。于是，巴钝很郑重的说："在这彼拿玛斯与希斯比的喜剧里面，很有几件事不能令人发生快感。第一、彼拿玛斯必要抽出剑来把自己杀死；这件事女太太们是不能容忍的。你说怎么办。彼得？"有人提议将自杀取消。巴钝说："哪有这个道理！我有个解决的办法。我们写个开场白，仿佛说：我们用剑并不会有什么伤损；彼拿玛斯并不真正自杀；为进一步的保障起见，就告诉他们说我这彼拿玛斯并不是彼拿玛斯，就只是织布匠巴钝。这样就会使她们不害怕了。"彼得极力赞成写这样一个开场白，又有人询问女太太们不会害怕狮子吗？大家又赞成再写一个开场白说明狮子并不是狮子。巴钝说："嗳！你应该说出他的真姓名，并且他的脸应该由狮子的脖子旁边露一半出来，由那里钻出来这样的说：'夫人们——或是美丽的夫人们——我愿你们——或是我求你们——或是我祷告你们——别害怕，别发抖：我的性命是你们的。若是你们真以为我是狮子，那我这条命就太可怜了；不是，我不是那样个东西；我是个人，和其余的人一样。'然后就把他的真姓名说出来，就直接告诉他们说他就是细木工斯拿格。"彼得说，"好的，就是这么办……"于是他们就商妥了如何将一个人提一个灯笼，拿一把树枝，去代表月亮及月中老人，又如何将一个人举起手，将手指叉开一点，去代表两个情人隔墙谈心时的墙壁与小洞。一切商定了，大家开始演习。正演得吃劲时，小仙们作怪了：将巴钝加上一个驴头，吓得一班做戏者狼狈逃命。巴钝却安然说道："他们干么逃跑？他们就是要恶作剧，使我害怕。"有一人吓得乱跑回来说："呵！巴钝你变了，看你头上是什么？"——"你看见什么？你看见你自己一个驴头，是不是？"彼得也跑回来说："祝福你，巴钝，祝福你！你变了形。"然而即刻又都逃走了。可是巴钝却很闲静，"我看透了他们的把戏：就是要把我当个驴头傻瓜，使我害怕。可是我任他们如何作弄也不离开这里：我来闲散几步，唱唱歌，他们就会听见我不害怕。"于是高声歌唱起来，歌声将仙后喊醒了。受了魔性花浆的仙后的眼睛，一见即倾心的爱恋着驴头的巴钝！

百般的抚爱着他，说不尽的诙谐有致！只看第四幕第一场内，我们驴头的巴钝如何神气。仙后分派微尘、豆蔻子、蜘蛛网、豆花做他的侍臣。巴钝喊道："豆花在哪里？"——答，"在这里。"——"豆花，搔我的头。蜘蛛网先生在哪里？"答，"在这里。"——"蜘蛛网先生，好先生，把你的军器拿在手里，去给我捉一只红屁股的蜜蜂来。并且将蜜蜂袋带给我……豆蔻子先生在哪里？"——答，"在这里。"——"……帮助蛛蜘网骑士搔痒。先生；我得到理发馆去，我觉得脸上头发太盛了：我真是个斯文的驴子，头发撩着我痒，我就非搔不可。"至于在第五幕第一场内这些织工木匠们如何照预定计划在公爵宫内演戏的种种笑话，更是举不胜其举了。

然而上面略举的数节已够我们欣赏这巴钝与彼得空斯的幽默了。巴钝是个富于想象的浪漫派的人物。他的脑内主意多着，男女情人，暴君狮子，他都自以为可以做得出。若拿他做驴子那副气派来看，大约他做什么也都安然坦然而自然了。彼得也是他一类的人物，只是才气略逊一筹而已。两人的幽默都是属于情形与性格之类。

（三）萝色林与达杰斯顿（Rosalind and Touchstone）。《正合你的心意》（As You Like It）是莎翁中时期完美作品中之一，可谓笔酣墨饱，下笔千言的宏著，他的天才已经发达到完整均衡的地步。在结构与表现方面，这个五部曲实已臻流丽美妙的绝峰。然而《夏夜之梦》的那种欢天喜地活跃不拘的人生观的上面已经抹上了几道浮云。嘉克斯与达杰斯顿的言语已是后来哈孟雷特、李和王等大悲剧的先声。可是萝色林的欢声憨态可以把你诱到天边桃色的云里去过几点钟的纯愉快的生活！嘉克斯是个深刻的悲观的哲学家。他说"世界只是个舞台，男女均是剧中人物……"的时候，我们当然给他表同情。然而他不是这幽默群里的人物，我们不能不把他撇开，而只论达杰斯顿与萝色林了。

萝色林的父亲被其弟夺去公爵位，被放逐在亚顿林中过绿林豪客的生活。不久萝色林亦被逐。她于是乔装男子，更名为根尼米得（Gany mede），携堂妹西莉亚（Celia）及达杰斯顿亦出逃于林中。然在未逃以前，她与一少年公子阿兰多（Orlando）发生爱情。后阿兰多亦被其兄逐逃于林中。阿兰多遇见少年根尼米得当然不知其为所倾慕的萝色林。因此，各种幽默的情形均在这树林内出现。根尼米得自称有术能治阿兰多的爱情：术法即是阿兰多假当他是萝色林而向他求爱。于是在这种似假非假，真而不似真的情形之下谈爱叙情。然而有牧羊女菲白（Phebe）撇下自己情人西落华斯（Silvus）不睬，而来爱这少年美貌的根尼米得。事情就有点纠缠不清了！最后，在第五幕第二场内，萝色林告诉阿兰多：她可用魔术使他与真萝色林结婚。正在此时菲白与西落华斯来了。请看这情形多有趣！

菲　白　　少年，你把我写给你的信给人看，真是对我不住。

萝色林　　就是对你不住，我也不管。我故意要对你骄傲粗鲁：你的忠实的牧童常跟住你；你看看他，爱他吧；他崇拜你咧！

菲　白　　好牧童，你告诉这少年什么是爱。

西落华斯　爱是叹声与眼泪做成的，我就是

　　　　　　这样爱菲白。

菲　　白　我就是这样爱根尼米得。

阿兰多　我就是这样爱萝色林。

萝色林　我就是这样爱非女人。

西落华斯　爱是忠实与服务做成的，我就是这样爱菲白。

菲　　白　我就是这样爱根尼米得。

阿兰多　我就是这样爱萝色林。

萝色林　我就是这样爱非女人。

西落华斯　爱是幻想做的，情欲做的，愿望做的；所有崇拜、
　　　　　义务、遵守、谦卑、忍耐、急躁、纯洁、苦难，
　　　　　一切的一切做的，我就是这样爱菲白。

菲　　白　我就是这样爱根尼米得。

阿兰多　我就是这样爱萝色林。

萝色林　我就是这样爱非女人。

菲　　白　既然是这样，你为何怨我爱你？

西落华斯　既然是这样，你为何怨我爱你？

阿兰多　既然是这样，你为何怨我爱你？

萝色林　你对谁说："既然是这样，你为何怨我爱你？"

阿兰多　对不在这里，也不听见的她。

最后，活泼灵慧的萝色林仍是有方法来解决这纠纷。她是个贵族式的，高贵尊严豪放而有机敏的女子。就是在这绿林中，化装为男子，她也不失其为尊贵温柔妩媚的公主的原来面目。她的幽默也是如此。

达杰斯顿是个丑角。可是他这名字的字义是试金石，是这亚顿林中奇异生活的应有的标准。他的幽默完全属于言语的机敏。在第一幕第二场内，萝色林与西莉亚尚在宫内时，篡位的公爵遣他来请西莉亚。西莉亚问他是否传令者。他说："以我的人格为凭，我不是的。可是我是被遣来请你的。"萝色林说；"傻瓜，你哪里学来这赌咒的话，以你的人格为凭？"他说："从一个武士学来的。他以人格发誓，说蛋饼是好的，又以人格发誓，说芥末是不好的：我则坚持蛋饼是不好，芥末是好的；然而武士并不算发伪誓。"西莉亚说："在你这一大堆知识之中，你如何能证明他不是发伪誓？"萝色林说："好呵，发扬你的智慧吧。"他说："你们两位站出来，摸着你们的下颚，以你们的胡子发誓，说我是个光棍。"西莉亚道；"以我们的胡子为凭，如果我们有的话，你是个光棍。"他说："以我的奸滑为凭，如果我有的话，我是的；可是你若用你没有的东西发誓，你并不算发伪誓；这个武士也是如此，因为他素来就没有什么人格；就是有一点，在他没有看见这些蛋饼与芥末以前，老早就赌光了。"这是何等机警有趣！且看他的七级谎更是如何诙谐。在第五幕第四场内，嘉克斯在老公爵前说他就是林中所常见的傻子，他即将自己的出身说了一大堆。最后，他说："……我同人家吵嘴过四次，差点儿斗比过一次。"嘉克斯问他因何而与人斗。他说："因一个谎字上的第七层理由……我实在不喜欢某侍臣的胡子的款式：他打发人同我说，如果我说他的胡子修得不好，他倒以为很好：这叫做'客气的反驳'。如果我再告诉他说修得不好，他就回答是自己高兴这样修。这叫做'谦逊的驳复。'若再说修得不好，他就不承认我的判断力：这叫做'鄙野的答复。'若是再说修得不好，他就回说我说的不对：这叫做'勇敢的申斥'。如果再说修得不好，他就说我说谎，这叫做'争噪的抵抗'；一直到'傍证的谎'与'直接的谎'。"嘉克斯问他有几次说那人的胡子修得不好。他说："我只敢说到'傍证的谎'，他也不敢给我一个'直接的谎'；所以我们试了一下剑，就分手了。"后面他又接着说："除了'直接的谎'以外，其余六层理由你都可以避免不交锋，就是那个也可以有法子逃避，……只要有一人想到一个'假使'，譬如'假使你是那样说的，我就是这样说的，'这样一来二人即刻可以握手而结为把兄弟。'假使'是唯一的和事老，'假使'的用处真不小。"

达杰斯顿的幽默都是这种对于人情世态的微妙的刺讽：淳于髡式的"谈言微中，亦可以解纷"的滑稽。他在这亚顿林内令人警惕反省而又令人发笑的言语缤纷地四散着，此地不能多举。

（四）崩尼蒂克与笔亚翠丝以及多格柏雷（Benedick and Beatrice and Dogberry）《无谓的麻烦》（Much Ado about Nothing）的主要情节大约是根据一个意大利的故事。崩尼蒂克与笔亚翠丝以及有名的巡警多格柏雷仿佛完全是莎翁创造的。这是句老生常谈：他所借用的人物与情节常不及他所创造的那样有趣味，因为格罗低阿（Clandio）与奚萝（Hero）都没有固定的性格，使人捉摸不住，而且格罗低阿那种冷血的不明真象的败露自己爱人于众人之前而终于得取最后的幸福，更是不合于诗的公理。崩尼蒂克与笔亚翠丝以及多格柏雷则通篇维持着确定的性格，而他们的性格又是这么有趣。

崩尼蒂克与笔亚翠丝是两个高贵豪华而聪明活泼的少男少女。然而二人智力过人，不见面则可，一会见则如两熊相遇，彼此不相让的斗咬起来。第一幕第一场内，崩原来在与他人闲谈，笔则不甘寂寞插口道：——

　　崩尼蒂克先生，人家已经不理你了，你还在说话。

崩　什么？我亲爱的骄傲小姐，你还活在人间吗？

笔　有你崩尼蒂克先生这种丰美的食品供养它，骄傲还能死吗？只要你走近去，礼貌自己也要变为骄傲了。

崩　那么，礼貌自己就是个倒戈者。然而这是事实：除了你以外，什么小姐也喜欢我：可是我恨不能在自己心里发见一个不硬的心肠，因为我实在一个也不爱。

笔　那倒是女人们的幸福：不然，她们要被一个毒狠的求爱者麻烦不了。我感谢上帝和我的冷血，我的脾气和你的相同。我情愿听我的狗对着一个乌鸦叫，而不爱听一个男人赌咒说爱我。

崩　愿上帝永远维持你小姐这种心情；不然，总有一个男人逃不了一个命定的破脸。

笔　像你这样一个脸，抓破了不会更显得难看。

崩　真的，你真是个稀有的八哥教师。

笔　有我这样的舌的鸟总比你那类的兽还胜一筹。

如此二人不息的舌斗着。后来因亲属之拨弄竟成恋爱的冤家。就是在恋爱中亦是锋刃相对，两不相下。同时格罗低阿与奚萝的悲剧发生了。人穷则见根本：平日豪放喜辩，迹近轻率的笔亚翠丝，此时即表现为一天性忠厚，明辨而勇断的女子。"呵！以我的灵魂为凭，我的堂妹是受冤枉"这是多诚垦而义勇的论断！且看她同崩尼蒂克在第四幕第一场内的一段谈话——

崩　笔亚翠丝小姐，你一直没有停过哭吗？

笔　还要哭几时咧。

崩　我很不情愿。

笔　你没有理由，我自哭我的。

崩　我知道你的堂妹定受了冤枉。

笔　谁能为她报仇，才真值得我的顾爱！

崩　我若是说我世上最爱的是你，你以为奇怪吗？

笔　如我所不明白的事情那一样奇怪，这仿佛如我说：我世上最爱的是你，一般的可能；可是不必相信我，然而我并没有说谎；我也不承认什么，也不否认什么。我只为我的堂妹痛苦。

崩　以我的剑为凭，笔亚翠丝，你定爱我。

笔　你把我快活的机会打断了，我正要否认我爱你。

崩　请你满心满意否认吧。

笔　我满心满意爱着你，剩不了地位来否认了。

崩　来，任你吩咐我干什么，为你。

笔　去杀死格罗低阿。

这一句简单的命令即刻把她送往不朽的国度里去了。她的慷慨的情谊，公理观念，道德的人格，均在这里，光如日月，明如水晶。原来有点嫌厌她那张锋利的嘴的人，至此亦不能不肃然起敬了。她与崩尼蒂克的幽默是属于性格与机敏方面的。二人都是性情豪爽，谈笑风生，然而人格都铁一般坚，金一般韧！

　　笔亚翠丝与崩尼蒂克是意大利人，也许是英国人，也许是其他国的人：人世间，总有这么两个人。多格柏雷却是道地的英国土著。提及他，我们就想到《夏夜之梦》里的巴钝。这两人很有点相似，同是英国民间的产物，言语一类，口音相同，而又都是自负不凡的人物。可是巴钝与多格柏雷到底是两个人，各有各的个性，各有各的身份。不错，多格柏雷是个蠢货，是个傻瓜，然而蠢得多有趣，傻得多有味！第三幕第三场，他向自己部下的演说，实在是名不虚传，你听了不能不捧腹，不能不喷饭！此地因篇幅关系，只能略引一二，以示奥妙而已。他命部下在街上莫多说话。部下颇同意：与其多说，勿宁多睡。他说："嗳！你真像个顶安静的老守夜者说话，我真看不出睡觉有什么冒犯；只是注意别让手里的棒给人偷了。每个酒店都必去巡查，喝醉了的都叫去睡觉。"若是不肯去呢？"那么，就让他们去，候他们酒醒了再说……假使你遇见一个贼，以你的责任关系，就别以为他是好人，哼！这种人越少同他发生关系，于你的诚实越好。"假如明知是贼，何不捉住他？"当然，以你的职务关系，你可以捉他；可是，我以为近墨者黑，如果捉住了一个贼，最和平的办法，是让他表现他的真面目，让他从你面前偷跑……"此真是妙得出奇的妙文！第四幕第二场内，有人骂他优伶丑类，驴头傻瓜，他气得乱嚷："你不疑惑我的地位（他原意尊敬他的地位，respect 误为 suspect）！你不疑惑我的年纪（如上）！可惜书记没在这儿把我这驴头傻瓜记下来！但是，先生们，记着我是个驴头傻瓜；虽不曾记载下来，可别忘记我是个驴头傻瓜。哼！你这流鄙，不久就会证明你是个满是虔敬的人（大约是，"不敬"误说为"虔敬"：impiety 讹为 piety）。我是个明白人；更进一步，我是个官；更进一步，我是个有家室的人；更进一步，我是个很美貌的人，比任何人都不差到哪儿去；并且是个知晓法律的人，嘿！并且是个够富厚的人，嘿！曾经受过很大的损失；如今却还有两套衣服，什么也都整齐。拿他走！可惜我这驴头傻瓜不曾记载下来！"这是他的自尊心被伤损了的神气！真亏莎翁想得出写得出！至于因为他的傻气，说话之不着边际等理由，更使奚萝终于当众受辱，更是妙文妙事，令人笑杀急杀！

（五）福尔斯达夫（Falstaff）。这个胖子流氓是沙斯比亚幽默人物中最复杂最有名而最受人欢迎的。十八世纪有英人名摩根（Maurice Morgan）者竟著了一本将近二百页的书来讨论他的勇敢这一点，可见他在文学界的地位的重要了。我们此地当然不能加以如此详尽的研究，只能略论一二，以示梗概而已。《亨利第四》上下部及《亨利第五》（Henry Fourth, Part I, Part II and Henry Fifth）是三部一贯的历史伟著，其中主要人物是太子亨利，又即是未来的亨利第五。莎翁将他浪漫荒唐的少年时期写起，直写到他功成业就，做到英国数一数二的明主为止，实是婉转曲折，淋漓尽致。达到历史剧的最后一峰，福尔斯达夫是这太子少年时期的顽伴。作者以他种种滑稽幽默的情状来反衬历史上种种慷慨悲歌的事迹，似乎人类经过巨大的事故后，精神上不得不略为宽爽一下。

莎翁在福尔斯达夫身上，将所有幽默的手段皆使尽了。言语的机警也好，情状的好笑也好，性格的幽默也好，头头是路，处处好笑，简直是神出鬼没的笔姿！在亨利第四上部的一幕二场内，太子与潘斯（Pains）设计要捉弄他：使他和其同类去干那大路上黑夜抢劫的勾当，然后潘斯和太子自己却又从他们手中打劫。潘斯说："这个把戏的好处，就是这个胖子流氓吃夜饭时要说的种种不可思议的谎言；他如何打倒三十个啰，如何抵抗啰，如何剑击啰，笑话就在我们一一给他凿穿。"把戏果然照原定计策实现了。福尔斯达夫果然笑话百态的受了骗。可是在第二幕第四场内，你只看他回到酒店吃夜饭的神气！

潘斯　欢迎，嘉克，你从哪儿来？

福　　遭瘟的懦夫们！嘿！我说，真该天谴！阿门！喔！伙计，拿一杯麦酒来。唔！再过这种生活，还不如给人缝鞋补袜！遭瘟的懦夫们。喔！鄙子，给我一杯麦酒。难道世上一点德行也不存留？……你这鄙子，这酒里就有石灰：在坏人里面就只能发见卑鄙！可是一个懦夫比一杯有石灰的麦酒还坏。可鄙的懦夫！老嘉克，你滚你的；地面上不是忘记了人格。好的人格，你要死，也就可以了，我真是个抛了蛋的鱼！英国再没有三个好人没上吊了，其中一个又胖又将老：上帝帮点忙吧，我说真是个坏世界，我情愿我是个织布匠；我能唱赞美诗或别的什么。遭瘟的懦夫们，我还是这样说。

以后太子和潘斯一步步引他说下去：他说三四个伙伴如何征服了百多人，如何由这些人手里抢到了财物，他自己至少与五十个人交了锋。太子说："祷告上帝，你没有杀害他们几个。"——他说"唔！这时祷告已是迟了：我送了两个人的命；两个是我准送了的，两个穿粗麻布衣的。我告诉你，海罗，假如我说谎，唾沫我的脸，叫我做马。你知道我的剑法；我这样躺下，我这样举剑。四个穿麻布的流氓向我冲来——"一太子说："什么？四个？你刚才还说是两个。"他说："四个，海罗，我告诉你四个。"潘斯说："是的，他是说四个。"——他说："这四个冲上来，只拼命对准我击。我一点也不费麻烦，把他们七把剑锋都往我的盾上收，这样的。"——太子说："什么？七个？你刚才还说只四个。"——他说："穿麻布衣的？"——潘斯说："是呵！四个穿麻布衣的。"——他说："七个，以我的剑柄为凭，七个，不然，我就是个鄙夫。"如此由二个长到十一个。最后，太子将整个阴谋说出来，同时笑他道："……什么诡计，什么策略，什么狡窟，你现在可以找出来藏你这昭然若揭的羞耻？"你看他如何答复！他说："唉！我的上帝为证，我认识你如同认识你的创造者一样。嗳，主子们，请听：我难道去杀死一个储君？我难道去干倒一个真命太子？嗳，你知道我有和丘力士一般勇力：可是留神直觉：狮子不会撞真命太子的。直觉是顶重要的；直觉的我可说是个懦夫。我以后一生对于你和我自己都要看得起一点了；因为我是个勇敢的狮子，你是个真命太子。可是，上帝为证，少爷们，我很高兴，赃物在你们手里。……"

他后来如何假装英王去审问太子的败行，如何在战场上装死骗敌人，如何骗一个乡愿的钱，如何饮酒作乐等等幽默的情形，均是幽默文里的绝品，爱幽默者不可不去亲自赏识。我们此地最好用摩根的论断来结论他。福尔斯达夫的性格是各种相反的成分构成的——"年事虽老，性情却少，体胖而好动；无害于人而却又邪恶无比；原则方面软弱，气质方面果断，外面似懦怯，其实是勇敢；不怀恶意的鄙夫，不欺人的谎者，原是一个武士，一个绅士，一个兵士，然而没有尊严，仪容与荣誉。"他自己解释自己说："泥土所捏成的人类，未有比我更能发明引人发笑的材料了。我不特自己发明，人家也借我身上发明，我不特是自己机巧，而且是人家机巧的原由。"

我们至此不能不惊叹莎翁这光辉与金烟笼罩下的世界的繁荣富丽了。这显然是个幻想的虚无飘渺的世界，而里面所逗留的却又都是脉管内热血循环着，皮肤底下筋肉紧衬着，摸得着，捻得稳的具体的人物。这里当然智愚贤不肖皆有。然而至愚如多格柏雷，至不肖如福尔斯达夫，亦皆赋有使人矜惜的地方，其余更何待言？这些幽默的人物所给与的笑是新鲜纯净空气中的欢乐，而非如鄙徒若歇洛克（Shylock），伊亚哥（Iago），墨罗禾利阿（Malvolio）等所引起的笑是仇视的恶意的污浊空气里面的产物。我们此刻回忆着这些豪华倜傥的、明慧通达的、饶舌多言的、至愚不肖的、理想滂沱的种种人物，我们不能不感激莎翁的慈悲。在真实的世界里，人生本来太是寡欢无味，他特意造此光荣世界来给我们排忧解愁，这是多可敬戴的高德！然而这幽默的世界尽是他那大千世界里面的一小隅，而这里所举的人物又只不过这隅内几个值得我们认识的特殊人物而已。至于其余的许多妙人、妙语、妙事，只好待读者亲自去探访。现在中国文坛提倡幽默，飘渡重洋不远千里的去寻欢觅趣者，当然大有人在。

（注一）Richard Moulton， Shakespeare as a Dramatic Thinker， Page 195.

（注二）L. A. Reid，A Study in Esthetics， Page 360.

（注三）如（注一。）

（注四）Brander Matbeus，A Study of Drama.

（注五）此篇所用译句皆为作者随时翻译，只为当时行文而用，仓卒中定不免费力不讨好之讥，然亦为中文无美满译本以前不得已的举动，读者当能见谅。所用沙斯比亚的剧本均为Matheune Go. Ltd. 印行本。

文学的使命

提起"当代中国文学"几个字，你就看见一般人的嘴角上，涌上两行冷笑。这股冷光，射上你的眼膜，传入你的心腑，不由得使你发冷汗，使你入地无门的样子。可是你一眨眼，冷笑约约不见了，只见聚敛在各人的眉宇间，三道厌恶的纹痕。你移目去四周找苍蝇，以为这可恶的东西又来扰乱治安了。然而俟你苍蝇找不着，眼光回到原处时，三道纹痕却又模糊不见了，只是圆浑浑的大眼，一只只睁开着，眸子往外挣，一道道的战颤之光直射在你身上，使你以为自己忽然变成一条毒蛇或是一匹野兽，他们吓得脚软身呆，一步跑不动，即刻就要被你吞噬的模样。

这种心理状态，确是近来国人对于当今文学的普遍心理，并不是我故意过甚其词。他们读了这篇作品，心里的反感只是鄙视，那篇只是厌恶，再一篇只是恐惧。这三种心理的产生，当然是现代的文人"功不唐捐"自作自当受的。试看二十年来的文学，除了遭鄙视的平庸，受厌恶的颓废，令人恐惧的过激三种作品外，还有多少的良好著作，可以在读者的心上发生健全美满的印象，在社会上间接产生好影响？试问有几人读了许多颓废派的作品之后，不感觉如同做了一场恶梦，梦见一群绿头苍蝇，在自己身上乱轰，把四肢、五官、皮肤、筋肉都轰得发麻发肿的样子？试问有几人读了一班所谓普罗文学的作品，不感觉如同在康衢大道上，忽然碰见一群张牙舞爪的虎狼，即刻就要吃人的可怕？试问有几人读了其余一班文学，不感觉一股鄙夷的心潮涌上来，使自己的嘴角上不能不挂起两行冷笑，暗叹一声："这也算文学吗！？"

然而文学作品并不怕平庸。平庸并不是可鄙视的对象。我们读爱斯顿（Jane Austen）的《骄矜与成见》（Pride and Prejudice），哥得斯密斯的《威克非德的副牧师》（Vicar of Wakefield）及斐特门（Whitman）的《草叶》（Leaves of Grass）等，我们觉得题材是再平庸没有了。一个只将她父亲教区内的平凡生活用极恬淡秀洁的文字描写出来，一个只把他平日所见所闻的乡下生活用充满着幽默的文字描述出来，又一个所注意的，则更是平庸得再不能平庸了，他所写的不是良苑奇葩而只是草叶，不是铿锵的音乐而只是鼓响，不是莫可一世的英雄而只是普通人，不是什么危急存亡之秋，而只是再平常没有的时候。可是这些作品总算是人类不多见的杰作。我们读了之后，引到唇边的微笑不是冷的、轻蔑的而是温暖的、慈祥的。

文学作品并也不在乎颓废不颓废。并不是颓废的都可厌恶。波多莱（Charles Bandelarie）的《恶之花》（Eleur du Mal），露易（Pierre Louys）的《笔利提斯的歌》（Chansons de Bilitis）及《爱神》（Aphrodite），可谓观止颓废的姿态了。二人都爱写古希腊将亡时种种病态的男女生活与心理。然而他们这些作品也已被公认为不朽之作了。我们读了之后，并不感觉厌恶烦闷而反觉得神情舒畅，宛然从二千年前的希腊、埃及旅行了一趟回来，在那里所见所闻，当然稀奇，当然怪诞。然而这些稀奇怪诞的人事，毕竟是已灭亡了的民族的病态生活，与我们二十世纪的健全民族的生活不一样的，我们竟以长了一些见识，了解了另一方面的人生为快了。

文学作品并不怕有革命意味。人类有革命性的文学以及因文学作品而掀动了社会上的巨大风波与改革的实是不少。苏俄大革命以前的几个大文学家如哥奇（Maxim Gorky），托尔斯泰（Leo N．Tolstoi）等的著作，于苏俄革命，也有相当的影响。他们将那时贵族的骄淫、奢侈、残忍、专横的生活，用极真实的文字描摹出来，将那些无意识、痛苦、愚蠢、卑鄙的平民生活，用同情感慨的文字叙述出来。读了这些作品，你如果在能要求改革的地位，你就不能不要求了。然而你并不感觉恐惧与威协，只是同情与兴奋。

由上所论，我们知道有的文艺品，尽管平凡，尽管颓废，尽管有革命性，而终不失为杰作，令人读了，并不引动鄙视厌恶害怕的心理作用。但是除了少数的例外以外，当代的中国文学何以就这般糟呢？当然目前的中国社会是整个的一团糟。文学是表现社会的，自然不能不糟。然而文学如果是货真价实的文学，所描摹的社会内容可糟，而作品本身不应该糟。文学作品本身之所以糟，固是受时代的影响，而本身没有达到真正的文艺品的地位，自是显然易见。

然则真正的文艺品，究应如何？

凡人类一切艺术，都无非是表现（expression）。雕塑是用石头、或木料、或铜、或铁、或泥土来表现。音乐是用音节声音来表现。绘画是用颜色来表现。文艺是用文字来表现。一切艺术表现，均含两种成分：一是表现的体材（the expressive thing），一是表现的内涵（the thing expressed）。体材就是艺术的形式（the form）。内涵就是艺术家要藉形式所表现的任何一样什么。譬如，一个雕刻家要藉一副大理石刻成的少女像来表现一个温香的梦境。若是他的艺术果然高超，我们见了这样塑像，就如同见到他的梦，其温其香宛然布漫在这少女的一切，就是她的头发内，脚趾手指上，都满是梦意。又温又香的梦境是这艺术表现的内涵。它的形式是这少女的高低适度，骨骼匀称，肌肤柔嫩，五官四肢合于表现这甜梦的一切表情与姿态；形式是这美的总和。可是每一种艺术必借一种或多种物料来表现，如石头、颜色、文字等，就是音乐这最抽象的艺术也要借一种符号或数目字来形成这表现的形式与内涵。

形式与内涵，关系非常密切，如水之于鱼，躯体之于精神，瞬息未可分离的。鱼没有水，不能生存；精神没有躯体，不能存在；内涵没有形式，只是混沌一团烟雾。若是一个人的外表，是卑鄙的，他的内心人格大半是不健全不高尚。即不然，别人也无从知悉。一件艺术品的形式如果有大缺点，内涵任如何有价值也不被人欢迎了。是以常有人说：某人的作品虽不好，内容却是很好的。这种论调，在别的学问上，许可适用；在艺术上，简直不成问题。一个艺术家是一个创造者。上帝（如果是上帝的话）创造日月、星辰、宇宙。大自然创造树木、花草、鸟兽、昆虫。艺术家创造人间一切的美。他利用形式来创造这些美。形式是一个神秘的罗网。艺术家持着它，去在这无边无际，浩浩荡荡的空间里面，去在这无头无尾，绵绵亘亘的时间里面，钩取各种理想美，各种异彩异形的美。诚然，宇宙间有的是形式。就是生命本身，我们也可以说，是大自然借用形式来披露自己，感觉自己。艺术的目的是创造美的形式来表现一切。绘画雕刻是用形式来表现空间，使空间具体化。音乐是用形式来表现时间，使时间具体化。文字是用形式来表现人生，形形色色，千变万化的人生。

文艺品的物料是文字。它的形式是由词句、音调、意象、结构四种成分所共同产生出来的而是整个的和谐的美妙的总和。它的内含是由这形式所传达出来的思想或是情感、或是意境、或是形象、或是事实或这一切的总和。在文艺上，和其余艺术一样，有的作家只注重形式，甚至于只专攻形式中的一二个成分。譬如，象征派的文学，将一切意义与巧妙都集中在字句、音调与意象上面，而对于内涵，宛然漠不相关；就是对于传达内涵最有效力的结构，也不加以注意。这种不传意义专以音节与暗示为重的文字，自然有它的美处，然而对于文学的使命，表现人生一点未免忽略了；并且由不传意义至无意义，其中的距离确是不远。有的作家则只注重内涵，对于形式毫不在乎。譬如，有一部分的自然派作家，常以描摹人生的断片（Une tranche de vie）为能事，对于词句、音节、结构极为疏忽。可是上乘的作品，内涵必藉形式而姿态英发，形式必仰内涵而生气蓬勃。二者互相为用；一有所缺，则难乎其为成功作品了。这种天籁般的作品，我国的古诗词里面有的是。任便取一二断句，即足使我们领会这形式与内涵的美满。譬如，"我欲乘风归去，只恐琼楼玉宇，高处不胜寒。""夜色沉沉，独抱一天岑寂。""姑苏城外寒山寺，夜半钟声到客船。""春花秋月何时了，往事知多少。"从这些断句里面，形式中的结构一项是看不出来的；长篇的作品内才有结构。但是词句的妥贴，音调的调和，意像的清醒，已够表现它们的形式美了。可是形式美也是枉然，如果内涵不来使他们生动，不来给它们灵魂。我们读了第一句，月宫内冷峭凄清的仙境美景，顿然充满我们的脑海，冬日住过牯岭的人，这种瑶花玉树，冰雪争耀的神仙境界，更是亲切。不特诗人欲乘风归去，就是读者亦欲不翼而能飞了。可是高处又恐不胜寒！这种眷恋缠绵的意境，就是设有诗人怀想帝室的背景，也够动人的了。你读了第二句，即觉得自己忽然在满天星斗漆黑的深夜里，孤身站在山岭上，将整个宇宙的寂寞，一眼收览到自己性灵内。在这个时候，你的性灵扩张得和宇宙一般大，宇宙的寂寞就是你的寂寞，你的寂寞就是宇宙的寂寞，你与宇宙混而为一了。西人之所谓Ecstasy就是这个意思。能够产生Ecstasy的诗句，人间自是不可多得。你读第三句的时候，虽是在黄天白昼，尘嚣污秽的环境里，可是诗人的神仙棒（n agic ward）可以即刻把你移到苏州城外的河畔，坐在一只小船内，听半夜的钟声。那一下下悠扬的寂寞的超越的钟声敲入你的灵府，使你发觉你自己的灵魂，使你在这一瞬之内发见自己与宇宙的密切关系。此种凄清怅惘，意味无穷的意境，是诗人要传达给读者的。第四句即时把你领到一种玄想的状态中（contemplative state）。你看春花，你看秋月，这都是人事；然而这春花秋月所见到的人事更不知凡几！人事，凄凉的人事，何时可了？大诗人不怕受苦，因为他可玩味自己的苦，他可以将自己的苦传与别人而得安慰。李后主在这里是玩味自己的苦，也邀别人和他一起玩味。凡能玩味自己的或别人的痛苦者，他的心境已是高越，他的同情更堪珍惜。

因此，我们知道诗人的使命是创造美的形式来传达一种内涵。思想高尚，情感浓厚，意境优美的内涵，必能增加形式的美，如果作者果是诗人的话。可是只要形式来得美，内涵平庸、颓废、过激等等，都不大碍事，都不失为文艺品，因为形式的美可以掩饰内涵的无意识、讨厌可怕等等。中国现代文学之受人轻视、厌恶、恐惧，其中别的原因如时代，社会情形等等固然不少，然而缺欠形式的美与内涵的特别糟，怕是最大的因素。

大家说：文学是时代的产物，我们生在这样糟的时代，文学当然不能不糟，这话言之有理，持之有故，我们不能多加诽议。可是反而言之，文学亦未尝不可以创造时代。世上很多风行一时的大作派与主义，都是由一二有天才的伟大作家，所创造出来的。至于法国革命，俄国革命以及其他巨大社会的变动，多少受了文学的影响而来的，也是路人皆知的事实。就是文学不掀动社会的大变动，真正伟大的作品，对于人心的改造，是有不可讳言的效力，人之为物，如同一座大钢琴，搁久了之后它的基音就会哑下去，就是所剩的几个也就音不正了。可是里面的丝弦一根都没坏，只要有正式的音乐师来，在键上摸几下，就会发出美妙的音调。如果有师旷、皮特和温、漠摘来弹弄，那就如宇宙之大，有什么不能在这里发扬光大的了？人是自己的正音者，自己的改造者，只要外面的刺激来得正路，来得相当。人是不自甘堕落的。中国的文人如欲将自己的民族，领到健全高尚诚厚种种的美德的路上去；不患没有人跟着走的，只要你有领导的艺术。人类是顶有情的动物。你如果给了他幸福，他没有不感谢的。沙士比亚、哥德、易卜生、李太白、杜子美、白香山等之所以受人崇拜，都是因为他们给了人类幸福与快乐。当今的文人，如果不愿受人类的唾弃，不愿自居社会蟊贼的名目，不愿做害群之马，此时就不得不反省了。我们民族的命脉已经微弱得厉害，不堪再受摧残了。

高斯渥斯（John Galsworthy）在他的剧本全集的序言说："作者无意将剧本内所提出的问题，加以解决。并也无意要求别人去直接解决。他在戏剧上，如同在别的著作上一样，唯一的野心，只是将自己所见到的真实，朴挚地表现出来；用这真实去捉住读者或听众，使他们性灵里面发生一种精神的或道德的酝酿；由这酝酿的结果，眼界因而扩大了，想象因而提高了，谅解因而增进了。"

朱子有一首诗曰："半亩方塘一鉴开，天光云影共徘徊，问渠哪得清如许，为有源头活水来。"这口方塘就是我们的心。若要这颗心，美得清得有天光云影在里面徘徊，自非源头有活水来不可。文学就是供给这活水的源头。诗人在大干宇宙中捞取得各种我们平日所见不到感不着的内含，创造出美的形式，如天光云影般在我们心里徘徊着。使我们的眼界扩大，想象提高，谅解增进。有了眼界，有了想象，有了谅解，人的纠纷必然减少，幸福必然增多。所以文学的使命是直接供人类以美感，间接为人类造幸福。

墨特林的静默论

墨特林（Maeterlinck）三个字一到了我们的视线，我们就知道这是一位象征派的剧艺家。他的《青鸟》（L'Oiseau Bleu），《白立阿士和墨利山德》（Pelléas et Mélisande）以及《盲人们》（Les Aveugles）等都是可以使我们手不忍释，百读不厌的杰品。他一生的思想都灌注在"死"、"爱"及"运命"三大题目之中。他以为人生总逃不了这三位毫不假借的先生们的严厉支配。人是他们的玩物。一切忧患或幸福都是他们手掌翻来覆去的结果。墨氏兼有法国人明晰科学的脑筋和佛那曼人（Flamand）神秘丰厚的情感，所以他的著作（他除了上面说过的剧本外，尚有十几部哲学兼科学的作品，如《蜜蜂》、《花的聪慧》等）充满了科学的观察、哲学的推论、诗情的流露。他是一个神秘者，然而他的神秘不是宗教式的迷信，而是代表近代一般青年无宗教而同时感觉性灵的生动及宇宙伟大无涯，奥妙不测的神秘。他在《卑下者的宝库》（Le Trésor des Humbles）一书内，差不多将他的主旨全盘托出。《静默》（Le Silence）一篇尤多精彩。兹将其主要意义零乱地写下以示梗概。至于能读原文者不妨自己去探讨一番，其中的奇珍异宝多着咧。

静默是一切伟大事件的元胎。各事必先经过它的怀养始能巍然壮然呈露于生命的光辉中，我们的性灵中屯着无数勤勉工人。只要外界的喧噪塞住了，他们就孜孜不息地在内面工作起来。有问题时，不待言即为之解决问题。无问题时即将内部的尘埃灰垢拂拭净尽而维持原有的光明灿烂。

言语非特不是法国人所谓藏匿思想的艺术，直是窒闭残杀思想的利器。言语未尝不伟大，然而非人世间之最大者。瑞士有名言：言语是银，静默是金。换句话说，言语属于时间的；静默是永远存在的。

蜜蜂只在黑暗中工作，思想只在静默中勤劳。

我们不可相信言语是我们的真实传信者。唇与舌之代表性灵恍若名画旁边的数目字之代表名画。我们要是真有消息要向彼此传达时，只有缄口无言以相对。我们若是违背了静默的严肃命令，那我们的损失就永无补救的了，因为我们一生之中，能有几个静听别个性灵的隐秘而给自己性灵活动的机会呢？

我们无意来观察别个，而自己隔离生命的实际很远时，我们才信口开河的乱谈。我们一开口，好像圣灵的门户就在不知何处关闭了。我们对于静默是极吝啬的。就是最荒唐的人也不肯对任何不相识的人静默，仿佛有一种超然的真理常在警告我们：与不相识及不相爱的人静默是危险的，因为言语有易忘性而静默则有永久性。真正的生命只在静默中呈露。

静默有自动与被动之分。被动之静默如睡眠如死亡，比言语还要可欺。但是意外之事能即苏醒之，然后两灵劈而相逢，毫无障碍，笑之不能，拒之亦不可；寻常的生命可即刻变成严重，形迹一露，永留彼此之间。

我们都领略过静默的冷酷势力及其险阻的戏弄，所以我们对于它常怀很大的畏惧。不得已时，我们还可支持单独的（自己的）静默。至于群众的静默是一种超乎自然而无从解释的重累，即最强最坚的性灵亦难以肩任。我们常费尽心思、才力，去寻找热闹，二三人相遇必各竭尽心智去驱逐静默。世有多少友谊不是仇视静默而成的呢？若是费尽心力而仍不能抵抗静默之侵犯，那么，各即分离，不肯自暴本真。

我们一生容许静默最多不过二、三次，除了严重事件外，我们不敢欢迎这不可捉摸的客人。然而一获机会，我们的欢迎也就十分热诚，因为人们中最无赖者亦有时能如上帝一样的行动。试回忆你第一次不怀畏惧的静默吧。动魄的钟声已经敲了。它是从你生命的深邃处，优美而可怕的秘海里上升出来的……来迎接你的灵魂……你明明看见而竟没有逃避……这也许是久别之后，远离之前，乐极之时，死者之旁，危难之际。在这几分钟中你性灵中所有的秘奥宝石以及所有睡眠着的真理岂没有全然跳动起来？……当这时，我们常被仇视而遭驱逐的静默的抚慰岂非可爱而必须吗？

我们在不幸中的静默里所亲的吻……静默在不幸中更有力量……是永不能忘记的。因此多尝过此种吻亲之人的生命是较贵于一班醉死梦生者的生存。只有他们，才领悟这日常生活的薄皮贴在如许深静的灵水里。他们曾走近过上帝：向光明方面所进的步武是永不会损失的。性灵之为质虽然能不上升，却不能下降的……

克乃尔（Carlyle）——他是最能了解此种生命的人——曾呼

道：静默！静默的伟大世界！实比星辰还高远！比死境还深邃！静默的人只是冷清清地这里一点，那里一撮，各在各的范围内默然思索而工作。每晨的新闻纸上虽不见他们的芳姓大名，其实却是地上的精华。一国之中缺乏此种人，或虽有而太少，那么，此国已经走到危险的道上了……这是一个没有根柢的树林；枝叶虽一时葱荫；一旦风霜摧残，叶落枝败，林亦不林了。

但是较诸克乃尔的物质静默还来得伟大而难亲近的真正静默是不会离开人们的。它四方环绕着我们；是我们潜生命的底里。我们只要轻微地敲击一下，留心的静默总是启户相迎的。

在此种无限无边之前，人类都平等了。帝王与奴差在死或痛苦或爱情之前所表现的静默是有同样的面目。在此不透光的大罂内所藏是同样的珍宝。此种静默是严重的，是我们性灵的神圣不可侵犯的避难所。它的秘密是永不诱露的。……

我们的嘴唇一停，性灵即瞿然而起，努力工作，因为静默是充满着惊人，危险或幸福的消息。你要是有意与人相亲善，你最好静默与之相对。如果你畏怯与任何人静坐相对，你最好避免他，因为我们的性灵已预知一切；你是不能与这人相善的。世间有一种人就是最雄壮的英杰也不能与之对坐默然。更有一种人，虽然自己毫无私隐可藏，然而总是战巍巍的惟恐被人发现。再有一种人，是永不能静默的而到处残杀静默。此种人才永不会被人洞见其真。一个热闹人才真是一个守秘密的人，他的性灵仿佛没有面貌。曾有人向我说："我们还不算相契，因为我们还不敢彼此相对默然。"诚然，我们的友谊已达此点，以至于我们总在无意中设法来逃避这可怕的试验。每次静默要执行它的威权时，我们的性灵总畏怯怯地请求延期："还给我几点钟无辜的虚谎吧！几刻童稚的无知吧"……然而惊人的钟声总要响的。静默是感情的太阳光烤熟性灵中的果子如同天上的太阳晒熟地上的果子一样。人们的畏惧静默并非无故。它未降生以前我们总不知它的质分。言语是千篇一律的而静默则各各殊异。有时两人相对，一秒钟的静默可以断定永生的运命。静默的源头是位在思想之上：所酿的酒有时苦辣刺口，有时则又甜美如蜜。两个同等雄伟而可爱的性灵可以发生极仇视的静默，暗中角斗不舍。反而言之，一个徒犯也许能在处女的性灵前维持神圣的静默。……静默的质分是永不变的，可上可下，但永不能屈。一对爱人默然相对的态度、仪式及力量，从洞房花烛之夜起直至盖棺之日止是一贯的。

我们阅历较深之时，总感觉生命中有一种预定的协约，影迹虽是杳然，却冥冥地总在我们头上存在着。一个素不相关的俗人与人第一次晤面的微笑里常能表现他与运命狼狈为奸的秘密。

我们最善言者更能感觉言语不足代表二者间之真实而特殊的关系。假使我们此刻在谈论人世间最严重之事件，如死、爱及运命等，任我们如何努力，总还遗留着一个我未讲而未想及要讲的真理。然而有一时这个无声息的真理却要认真活动起来而使我们的精神不能傍骛的。这真理就是我们对于死、爱及运命的真理；在静默之外，我们是无从窥见它的。"我的姊妹们，你们各有一种秘密的思想，我很想知道"，故事中的小孩向其同伴说。诚然，我们个人都有一种事情是别人愿知道的。不过它所藏的地方比秘密思想所藏的地方还高几层咧。这就是我们静默中的秘密。然而你要是想探访这秘密中的第二生命，除了静默之外，任你如何努力也是空的。只在静默中，我们才可以窥见不期然而永茂的仙花。花之色与貌却以性灵为依归。性灵之在静默中，正如金银之在清水中，价格分明，无可假冒。我们的言语出乎围绕着的静默以外，则别无意义之可言。若是我向一人说："我爱你"，他不一定能了解我的意义。然而在接着的静默里，若我真爱他，他就能瞧见这爱字的根株，他即刻就得到一种宁静的准定。这种宁静的准定我们一生是难有两次的。

爱情的味道儿岂非静默所调准的吗？若是没有静默，爱情必定缺乏那种甘香的仙味。我们之中谁没有尝过这种寂然相对，不用唇吻来结合性灵的几秒钟的仙羹呢？世间再没有比爱情的静默还要驯顺的。只有它才真属于我们。其余的大静默如死、如运命、如危难等，是不受我们支配的。在相当的时期内，它们会从遭遇的源头处直冲到我们的面前来。那些一生遇不着它们的也不必自咎。至于爱情的静默，只要我们出去寻访就是，它们日夜都在门外侍候着，它们也和它们的兄弟一样的雄壮俊美。与它们发生过关系的人，虽然一生未流过眼泪，也配与那些受过大忧患的人同居共寝，因此曾经热烈恋爱的人能够知道许多别人所不认识的秘密，因为爱情唇上所能默然的东西有千千万万别的唇上所不能缄闭的。……

跳舞的哲理观

天下的事物，任如何尽善尽美，总免不了被人妄用。既经妄用，则它的害处常常超过它的实惠。耶稣教义、孔子学说、以及现在杀人放火的□□□□，原来都是始创者对于人类一片慈悲感念的表现。然而结果是：中古世纪的欧洲人民受尽了宗教裁判（inquisition）以及后来三十年宗教战争的摧残磨折；我们中国人吃尽了理教以及尊王愚民政策的苦——将思想束缚得紧牢牢的，直到今日还不容易完全解放而与其他民族在文化的路上并驾齐驱。至于近来给与我们的痛苦，那是有目皆见的了。

跳舞原来也是一种善美的艺术。不幸被人们妄用，现在成为一种淫乱贸易的媒介，被一班正人君子视为社会的蠹物，自好者常常裹足不前。现在上海舞风日盛，其中种种黑幕以及悲惨之事，自是不免；然而新近舶来的嗜好，想不至于就完全腐化了吧！巴黎本是世界文化的中心，然而恶化生活的程度与奇离亦可称为全地球之冠。裸体的内幕，我们一介学生，自然没有见到实在的机会。但是在堂堂正大的舞艺院（Follie Bergère）里面所见识的几幕肚腹跳舞，也就够使人作呕。五、六个亚拉伯及埃及女人身上一丝不挂，丑态百出的在台上将肚腹上上下下东东西西的乱动，令人看了实在感受一种刺心钻骨的痛苦，那还有艺术之可言呢？难怪许多人视跳舞为一种可怕的东西！

然而跳舞的真意义与真价值以及其正当功用，断不能因它的被腐化与被妄用而少减。

天地万物都是一种大节奏。斯宾塞耳、那朴拉斯在进化中看出了宇宙本身的大节奏：由濛混暧昧的气质演进到定形的现象而后太阳破败，星辰死亡，——坠入无限的太空，以待将来的再造：……所经过的程序是：由物质进至生命，由生命进至精神，由精神又消失于物质中，而后卷土重来，以待生机……化学的大节奏是：混合与分离的两种作用更替的产生一切。生理的大节奏是：心脏的收缩及膨胀的运动将生命送至全身，腐败了，再收回来重造……生物的大节奏是：由性的细胞的耸动产生别的细胞而从中得着新生命……但是能将这节奏活活跃跃的呈现在我们眼前，使我们心神身体都能领悟它、感觉它的，只有跳舞。跳舞利用它能保存而发扬节奏的力量，将人的生命——有时理性过于发达，有时兽性过于倾动的生命——与宇宙的吸力维持一种和谐的关系。

吸力！自然，吸力是节奏的发动机。艺术无节奏不成为艺术。节奏无吸力的发动，自然不有在。我们行路均匀的步声，我们心脏的跳动，工人的"嘻啊海啊"之声自然都暗示我们这种节奏的存在。然而细推之，这些动作都与吸力有密切的关系。假使没有心血的循环以及吸力将我们不息的拖到地上去的等等理由，那么，脚步声，心脏的跳动以及工人的"嘻啊海啊"之声恐怕都不会发生吧！所以吸力间接的发动节奏正如它直接的影响海水之潮汐，星辰太阳之升降，季节之循环一样。它是规定宇宙的大节奏运动的唯一力量。这节奏是一切艺术——诗文、音乐、建筑、雕刻、美术等——的最大良师。跳舞却机械似的将它表现出来。最惹人寻味的秘密是：我们在任何真正高尚艺术品中都能感觉这节奏的存在。在跳舞中亦然。只因这一点，素被蔑视的跳舞就应当算是高尚的艺术了。只有它才能使我们窥探一点宇宙的大秘密与运行。它的大使命是：利用同时看得见听得着的节奏的神秘将有形的艺术如雕刻、建筑，图画等与无形的艺术如音乐、诗文等联络起来，组成一种未来的大艺术生命，——整个的、调和的、壮观的。

现代法国大诗人保罗·滑拉利（Paul Valèry）氏对于跳舞与性灵的关系有一种特殊的见解（注一），兹将其大意略述之如下，以示诗人对于跳舞的价值与功用的崇重。

"……人类有一种最毒恶而与自然最相反的大仇敌，这就是生命的沉闷（I'Ennui de Yivre），这不是一时厌弃，转瞬即消散的沉闷，也不是疲乏所产生的沉闷，更不是我们看得出理由，指得着范围的沉闷，而是那种完全的纯粹大沉闷。它的起源不是疾病与灾患。它是最快乐的人与最不幸的人在任何情形之下所感得到的沉闷。它除了生命本身以外没有别的质分，除了明净地看破生存的意义以外，没有第二原因。这个绝对的沉闷就是生命自己看得自己很清楚的时候的裸体的生命。

"世间的事物，没有比'见到一切的原状，（Voir les Choses comme elles sont）那样可怕，那样与自然相反的。一个冷眼的全盘的明了是一种不可抗拒的毒药，纯光中的真实，一见就能停止我们的呼吸，就可以将我们所有的希望与情欲完全消灭，就可以将我们血脉里素来敬重的神圣，一齐毁坏。最崇尚的德行也就在我们眼里渐渐的淡漠而终于要毁灭的。已往变成一撮余烬。未来成为一点冰屑。性灵自己也显得空虚而有限量了。这种沉闷是无药可治的。只有一种迷醉，如爱情、妒恨、贪婪、权势，所给与的迷醉可以减轻一时。然而这种迷醉却是生命的一种颜色与滋味，与实际生命有关系的。迷醉之中最高尚而最与大沉闷相仇的却是动作，尤其是使我们身体摇撼得忘却一切的那些动作如跳舞之类，可以引我们进到一种奇异新鲜的状态中。这种状态可谓是距离那大沉闷最遥远之点了。换言之，就是我们将判断的自由兑换了动作的自由了。

　　"世间有一样动物可以在火焰里面生活。一个跳舞的人，如果真正跨入了跳舞的神秘国境，那他或她的生存可说是与这动物无异，不过包围着、营养着他或她的火焰，是一种音乐与动作合成的纯精罢了。但是火焰是什么？纯精是什么？就是天地间所有的最狂妄、最喜乐、最伟大的，'即时'（Le Moment Même）。就是身体精神忘却一切欣然翱翔于地与天之间的一瞬。在这一瞬之中，一切笨重的都升入了灵敏轻巧的境界，都闯入了火焰与光明之中……伟大的跳舞，就是我们的身体为虚谎的精神及音乐——（音乐即是虚谎的象征）——所征服了之后的整个的投降——醉入虚无飘渺的不存在之中去了。雄壮或妖媚的舞者就是想拿动作的纷歧与速度来抵抗理性、来陶醉一切。我们的身体相信我们的灵性有一种万在万能的自由。它嫉妒灵性有这个优权。它就运用动作的数量来与灵性竞争，来打破一切范围，来毁坏自己的原性。它本是物质而要变成事迹！本是笨重，而要变成轻淡！然而舞者在锐动之中心点上却安闲镇静的如地轴一样的享受自己的活动！假如我们要考问舞者的心境，他或她一定答道，'我一点也不感觉什么。我并没有死。然而却又不活。……呵！避难所！避难所！旋风式的运动呵，你是我的避难所！我脱离了一切，来偎在你的翼下呵！……'"

保罗·滑拉利氏对于跳舞的哲理的解释，极为纤巧有趣。我们希望国人能对于他的著作及跳舞这门艺术在理论上多下一番研究，庶可挽救淫乱舞的颓风。跳舞的大缺点是：它本身没有经久性，常与舞者的寿命相依归。但是现在活动摄影日益发达，将来总不难将一个神舞者的真正艺术永远保存下去。著者在巴黎时曾见过一次艺术舞的摄影。舞者是女子，舞的是象征海水动荡的节奏，时而巨浪参天，波涛澎湃，时而微波荡漾，媚态融融，那种神出鬼没，飘渺旖旎的艺术舞，真极尽宇宙的神秘，毕露艺术的本能！喔：让我们勉力向艺术的国境里探险去吧！那里才有真生命可寻咧！

（注一）Eupalinos aul'Archetecte

Procede de

L'Ame et Ia Dance

Par Paul Valery

（Ed. Nouvelle Revue Francalse）

（注二）舞者好像就是美国著名舞艺家 Isodora Duncan，可是记不清楚了。

法国近十年来的戏剧新运动

任你的生命怎样黄金色，终免不了痛苦、烦闷、无聊……各种杂色的侵犯。你若是为着满足好奇心或其他缘故要在我们这蕞耳的地球上来考察一下人类生活的色彩，你所得的结果恐怕是：一大部分是糊涂一团；漆黑、深红、淡蓝、浅紫堆得眉目不清；一小部是不痛不痒的一片灰色，至于纯金色的生命怕比凤毛麟角还要稀罕。人生既不免要常被屈服于现实苦境的威势下，那么，在纶缥中，谁不求羁绊之解脱？所以我们的精神须要脱离现实苦境，虽只一瞬之暂，亦为情理中所应有。叔本华的学说以为人类最感痛苦与压迫的是那种"求生的意志"（will to live）。无论你穷得怎样，病得怎样，你总还是兢兢地牢攀着生命。愈生愈苦，愈苦愈要生。千年如一日，"求生的意志"总不给你一刻的休假。然而人类到底是比较的聪明些：在牢不可破的桎梏中竟找着了遁逃的路。这路就是艺术。我们赏一幅画、看一出戏、听一曲琴、读一首诗，都是为逃避那空气紧迫、威严胁人的现实境界来到一种悠游自如、耳目清静的另一境地。所以艺术之于人生正如水之于鱼。戏剧为各种艺术的一种组合有机体，于人生更有若血与肉的密切关系。

文学是时期的代表，戏剧虽不全是文学，却少不了文学。

法国戏剧自莫利爱以后即有滔滔其词，夸张其势的浪漫派，轰动一时。浪漫时期过后，即有只顾露恶扬丑，俗鄙不堪的写实派层出不穷的占据了各舞台。近年来一班新进的文人目睹剧院内部的沦落，剧本的无聊，不禁瞿然思有以改造之，欲另辟新途，旁寻妙境以满足我们二十世纪人生的欲望与要求。于是法国的戏剧新运动产生了。经过各方面不断的努力以及环境的适应，遂蒸蒸然呈现着壮丽的新生命。

我们现在欲讨论这新运动，不可不先将巴黎的戏院情形，稍为介绍。巴黎的戏院略分为国家、马路与艺术三种：

（一）国家戏院计有四座，即

>　Opera
>
>　Opéra-Comique
>
>　Comedie-Francaise
>
>　Odeon

前二者专演各种有名的歌剧，后二者则演古典派的存留剧（为Racine，corneille，Moliére等的名著以及后来各种有名剧本）。

（二）马路上的戏院（Theatres des Boulevards）是一班酒醉饭饱，红光满面的银行家及外国人晚间席散以后的消遣地方。其中所演的大半是些嫖赌、欺骗的无聊爱情剧。然其票价最昂，营利最好。不过一班有识之士甚鄙视之。战前有名的马路戏院凡五：

>　Renaissance
>
>　Gymnase

Vaudeville

Porte St．Martin

Ambigü

欧战以后最有名的为下列各院：

Nouveautés（operette）

Michodiére

Potiniére

Madeleine

Athenée

它们的经理都是些拥用厚资的营业家，然而纯以赚钱为标准，对于戏剧的使命一毫不顾。它们的剧本大都取给于一班肤浅的时髦写家。近年来最有名者为 Henri Bataille， Berstein及Robert de Flers 三人。

（三）艺术剧院（Théătre d'art）乃是一切新运动的先锋队。创办人以及院中办事人都是些脑袋里充满了新理想新艺术的青年学子。千八百八十五年，André Antoine 发起了鼎鼎有名的自由剧院（Théatre Libre），专演那些写实派的剧本以来，各种新艺术的剧院陆续出现了。Antoine 主持国家戏院 Odéon 的时候，创立了一种 Matinées inédites du Samedi 专于星期六下午表演各种新进的剧本。因此他对于戏剧新运动的鼓励之功实在不小。后来有 Lugné Poé 创立了 Théâtre de L'CEuvre 专介绍易卜生、墨特林以及其他有名的外国剧本。继又有 Jacque Copeau 主办 Vieux Colombier，专演各种新剧。现在有名的艺术剧院为下列几种：

Théâtre de L'CEuvre

经理：Lugné Poé

Studio des Champs Elysées

经理：Gaston Baty

Comédie des Champs Elysées

经理：Louis Jouvet

Atelier

经理：Charles Dullin

Théâtre des Arts

经理：George Petoefie

（George Petoeffe夫妇二人是俄种，初在日尔内演新剧大受社会欢迎，后至巴黎，更出风头。他们因为是外国人，法文发音极不正确，极难听。然而他们的特色是在布景。在这一门，他们确有新的贡献。其精巧动人之处，诚不能以言喻。他们的布景都讲究用一种风格（stylisation），现在听说他们已与Théâtre des Arts脱离关系，想到别处另开生面。）

巴黎戏院的伟观为全世界冠。听说这光明世界的繁华乐土大大小小的戏院共有四百多座。然而其中情形极其复杂，你倾我轧，黑幕沉沉。新进的作家，即在各种以艺术为名义的剧院亦不易插足。然而真金不畏火，真正的大作品总不会埋没的。因之，法国近年来的戏剧确是焕然可观。

二十世纪第一季可谓是一个思想混沌时期。无论在社会、经济、文学、哲学各方面看起来，都没有一个统一的概念可以驾驭一切的。一班思想家都是寂寞孤零地各锄各的园地，各栽自己所爱的花木，不管他人的桃李如何茂盛或衰败。法国近年来的戏剧也呈同样的倾向。虽名为新运动，却没有一种共同的学派或主义来相号召。只不过从消极方面，我们可以寻出一些为大家所厌恨而为众矢之的的罢了。然而，于此混沌中我们却不能不找出一些线索来概括他们。这些线索略可分为以下的七条：

（一）一班新戏剧家仿佛异口同声的痛恨而鄙视那些肤浅的戏剧——（théâtre facile）——即马路上所演的那些专以营业为标准的无聊戏剧。

（二）大家都厌恶那些只顾词藻浮华，铺张声势的浪漫式文学。现在对于隐情（inexprimée）以及静默的注意与对于剧语剧情是一样。百那（Jean-Jacque Bernard）氏剧中的人物对于彼此的感情虽活跃于剧中而竟有彼此始终未一吐真情者。因此，现在社会上对于谬塞（Alfred de Musset）的描写细腻，充满了人心、人情、人性的剧本十分欢迎赞赏，而对于许俄（Victor Hugo）的作品颇多訾议。

（三）从前的剧本只顾对话与剧情；至于剧中周围的空气及情绪，一毫不管。所以那先及康乃尔的古典派剧本不必一定在舞台上排演出来。只要一个人，一张桌子，一条板凳，可以将全剧活活跳跳的表演而出。此次新运动对于布景则大加崇尚。现在的剧语多是简单而曲折。剧情多隐敛不吐。然而在这些方面所失的皆于布景方面收回了。因之主演人的地位日益增高。Studio des Champs Elysées 的主演者 Gaston Baty 竟要求布景专卖权，他以为主演人之排演一剧不知耗费多少心血与金钱。假使主演人不能像著作家出版家一样的有布景专卖权，任便让人去模仿、去排演，那岂非天下至不公之事？……布景诚然重要，但因所费甚多，一班艺术剧院很难办到。然而"必要乃发明之母"，聪明人就想出了布虚景的妙法：这叫做 Synthétique 的布景。譬如剧中的景致是一个奇妙异常的幽洞。照旧法必要在台上造出一个真洞，岂不是白费力而得不到有效力的结果？照现在的虚景法，只要一幅白帷，绘上一个洞就可以完事。巴黎艺术剧院中布景的新颖真不得不令人三加赏叹。有位女士竟竭尽毕生能力发明颜色与光线的关系，造成了各种奇异的布景，譬如一件白衣印上红绿花锦，照以红光和照以它光，其所现出的颜色大有分别！因此舞台上只要多装几座色灯，每一件衣可以变成几十件，每一幅幕可以算做几十幕。因此，舞台的工作可以减轻，表演的速度也可以增加了。

（四）这戏剧新运动是国际的。欧洲各国大都有一二著名的新剧院与新剧家。英国有萧伯纳、高士威绥、贝叶及爱尔兰的各派。德国有所谓 Expressionisme 运动及 George Kaiser 一班人，意大利有名盛一时的 Pirandello 以及 Grotésques 学派。总之，现在交通便利，无论那一国有新运动，别国没有不受影响的（我们民穷财尽日事内战的中国自然是例外）。听说日本也有一班人在勉力于新剧运动。

（五）一个时期到底有一个时期的问题。譬如浪漫时期的问题与写实时期的问题必各不相谋。恍若每一时期内，空中当隐然翱翔着许多非有人去探考不可的共同疑问。现在这些新作家所注意的是些汁么？我们略可分为以下几种：

a. 个性（Personalité）问题。譬如 Jean Sarment 与 Pirandello

各剧中所讨论的问题都是各人有各人的特性，没有法子可以更改或由人附和的。

b. 性别（Sexualité）问题。对于这点，H．R．Lenormand在《西满风》（Le Simoun）及《人与他的鬼》（L'Homme et ses Fantomes）内探讨得最深刻。这都是 Sigmund Freud 心理学的影响。

c. 运命的神秘问题。譬如墨特林的 Pelléas et Melisaude 与 L'Oiseau Bleu， Lenormand 的 Le Temps est un songe 都是形容这些神秘的杰品。

（六）欧洲五六年的空前大战使得一班人都是精疲力尽，厌恶日常的与现实的生活。好像大家都要求一种现实的远避（éloignement de la réalété），要在梦幻、诗情、画意与诙谐里面去另求生活。即如 Bouhélier 与 Vilbrac 的貌似写实派的作品，亦是将实际风格化（styliser），将现代的真事变为神话。

（七）最后，这可谓是一种戏剧复兴运动（rethéâtriser le théâtre），将戏剧变成一种完全艺术；剧语剧情的文学外尚增加形像的美观、音乐的调和以及伶人的作艺。可谓将戏剧反到希腊的悲剧，中古的神剧，莫力尔以前的滑稽剧，以及意大利的 Commedia dell Arte 的源头处。这新运动仿佛跳过写实派、浪漫派以及古典派直寻到古时民众的戏剧而继承其业，因为民众的戏剧是由民众的需求而产生的，是自然而不虚伪的。

讲起法国近年来的戏剧，我们的脑海里却涌上四个辉煌明丽的大星。这里是浪漫派的后裔 Fdmond Rostand。那里是象征派戏剧的首领 Maurice Maeterlinck。这里是诚信天主教的诗人 Paul

Claudel，那里是凭岩孤立思想高超的哲人 Francois de Ourel。然而他们却是四座昂然独耀与众无关的皎星。况且他们出现的时期又在大战之前，与本篇所论的无密切关系。

法国近十年来的戏剧新运动中却有六员健将即：

（一）布尔离尔（St．Georges de Bouhélier）

（二）略落曼（Henri René Lenormand）

（三）罗曼（Jules Romains）

（四）百那（Jean-Jacques Bernard）

（五）沙曼（Jean Sarment）

（六）白落林（Jean-Victor Pellerin）

这六员大将是权威相等，谁不服从谁的，却又上无首领，下无兵卒，只凭各人自已的本领，和敌人（马路上的庸碌无聊剧）奋斗，获得全功以归。

（一）布尔离尔（Saint-Georges de Bouhélier）年约五十，为人敦厚诚朴。他在一千八百九十五年的时候，即创设了一个学派，名为Naturisme，与 Fernand Gregh（诗人）的 Humanisme 平行与世，而与 Emile Zola 的 Naturalisme 则相抵敌。Naturalisme 我们译为写实派。Naturisme 我现在且把它译做自然派。写实派所着眼的是巴黎附近那些丑陋腌臜卑鄙无聊的贫穷生活。自然派要描写的也是同样的平民，不过它所注重的是悲惨而伟大的方面，布尔离尔的剧中人物都是由实际生活里面抽取出来的。不过他将他们风格化（styliser）、诗情化，将他们由人界招到神界里去。假使我们用写实的眼光去看他的作品，那我们一定得到一种只顾剧情激昂而不讲真理的歌剧的印象（Effet melodramatique）。其实他的人物都是一种象征（symbole）。他的悲剧从幕起至幕落都有一种凄凉惨淡的空气包围着，令人读之不能不鼻酸而泪堕。这新运动的各种特点在战前差不多就被他宣露尽致。那时他已盛名鼎鼎，为新进派所崇仰。他的最大杰品是《小孩的复活节》（Le Carnaval des Enfants）。情节是描画一个可怜的洗衣妇一生悲惨的命运，她初春的时节为着探访真正的爱情不知受了多少男子的骗诱。后来生下两个异父的女儿。为着她们的缘故，她就忍受着凄凉的洗衣生活。生活日窘，终于病了。与她同居的哥哥竟拍上一个电报给她两个在乡间而稍拥资财的姊妹。姊妹却是两个充满旧道德观念的拘板女子，素来与她水火不相容。小孩子复活节那一天，她们临门了。以后的悲惨情节也就一一发生了，最后她的大女儿与情人逃了，她自己的震颤的灵魂也就脱离疮伤满体的躯壳而长逝了。如此看去剧情好像平淡无奇，其实对于沉湎于酒的哥哥，严厉刻板的姊妹，写的得力处诚不亚于莫力尔的创物。剧中与剧外的那种空气更是莫力尔所造不出的。这剧的完善与动人处真是不可多得。自从千九百十年在 Théâtre des Arts 表演第一次以后，即变为国家戏院 Cdéon 及 Comédie-Francais 的保存本，不时排演的。

《无冠王》（Le Boi Sans Couronne）是表现一个复活的现代耶稣，为人类的救星。——有点象共产学说——终于像古代的耶稣一样？在事实与思想上都被信徒所卖。Ad．Brisson 在《巴黎时报》里面对于此剧有以下的赞评：……第四幕的好处在力量、伟大、悲惨。假如这剧是北边来的，签了易卜生、普爵生（Bjornson）或托尔斯泰的名字，大家必定相顾失色，狂呼神异的降生。这诚是一股清风吹来，雄伟的诗神在展翼了。

《一个女子的一生》（La Vie d'une Femme）是绘写一个少女被一个豪富的男子所引诱而被离弃。后来女子不知受过多少困苦，回到家里，还被姊妹嫉视而死于非命。其中有一幕海险（Naufrage）Pitoëff 夫妇在日内尔排演得十分出色。奥迪安（Odéon）所演的未免过于写实，故失其象征的意趣。

《奴隶们》（Les Esclaves）描绘妓女和牢闭在军营里的兵士生活。剧名即有象征的价值。

去年他又创造了一篇新剧名为《洞房花烛》（Les Flambeaux de la Noce）。这剧写得虽好，可惜Comedie Francais演得太拘板。本来充满象征与风格的作品却演成一曲写实的夸大其词的悲号剧。所以有许多地方，观众应当流泪的竟发笑了。有时听戏还不如读戏的好，或许有一部分理由。

（二）略落曼（Henri RenéLenormand）是音乐家略落曼（René Lenormand）的儿子。他的夫人 Mari Kalff（听说是荷兰人与南洋土人结婚的混合种）是一位很有技艺的女伶。他剧中的大女角差不多都是她做。略落曼幼年随父漫游，对于异乡的民情风俗研究得十分深刻。所以他的作品内充满着音乐及异乡二种特别的风趣。他的著作差不多都是悲剧，不过他的悲剧与平常的悲剧迥异，约可分为三种：

a. 奥秘神异的悲剧如《时间是梦幻》（Le Temps est un Songe）《人与他的鬼》（L'Homme et ses Fantomes）之类。他是一个"命定"（Déterminisme）的崇信者。在他看起来，过去、现在与将来都是同时并存的。人好像是在一座花园里，前面是将来，后面是过去，只不过前后都有帐幔遮掩着，防止其后顾已往前瞻未来而已（参看拙译：《时间是梦幻》）。

b. 客乡异域的悲剧为《西满风》（Le Simoun 非洲及亚拉北的一种热风），《人与他的鬼》之类。这种悲剧有时名为气候悲剧（tragedie climatérique）因为气候可以更改人的性格。总之人是气候、环境与社会三者合起来所造成的。《西满风》里的法国人因气候及环境的影响，竟愤然爱起亲生女儿来了。

c. 性的悲剧。略落曼深受佛乐德（Freud）心生理的学说（Doctrine Psycho-physiologiquc）的影响。佛乐德以为凡人皆有两性的原子，在男子则女性常被压服，在女子则男性恒被镇管。但是为Don Juan这种男人永不能在女人身边得着满意的，却是两性同时发达。他可谓以女性为灵，以男性为肉。在《人与他的鬼）》内，略落曼阐明Don Juan这场公案可谓深刻详尽。

《落伍者》（Les Ratés）是一种遭遇的悲剧，与布尔离尔的作品颇相近。在这剧内他将法国伶人界的生活描绘得淋漓尽致。这些在艺术里生活的人，自有许多深厚纯洁的方面。然而卑丑之事亦所不免。

总之，《时间是梦幻》、《西满风》、《人与他的鬼》以及《落伍者》是他四部大杰作，凡欲研究法国近代戏剧者所不可不读。《时间是梦幻》一剧尤为新慧而凄惨，其中捉住人魂魄的地方诚不知凡几！

（三）罗曼（Jules Romains）原是医生，对于医学很有造诣。不过弃医就文在文学界固非例外。他独创了一种特别主义。在《城里的军队》（L'armée dans la Ville）的序言里，他说，所有戏剧的作品都是激动群众的。在许多抒情诗里占势力的孤零个人，在戏剧内是没有地位的。我们所谓一幕，除了几个人激昂险变的生活外还有别的意义吗？……一个戏剧的动作应该集中在一危迫的点上，应当是一场极重要极高尚的争斗。在这争斗中，宇宙中最内心的力量互相冲突——一种从灵魂深处所披露出来的，而其情感的深险可以引动观众的同情心。这是一种宗教（广义）剧。

他这种学说现被称为"一致"主义（Unanimisme），他所有的悲剧与喜剧都是依照这主义创成的。头二种悲剧：《城里的军队》、《老克落墨狄城》（Cromedeyre-le Vieil）是用一种节奏极雄伟的诗体（这诗既不是旧体，也不是自由体，是他独自的创造物）所写的，因为他以为这种情绪激昂的悲剧非诗不办。

《城里的军队》是描写一城降民如何仇视驻守的敌军，如何谋乱，如何失败的惨剧。在某节的那一天全军都被单独的请到百姓家里去私宴。百姓预谋时以为每家对付一个孤零的兵士应是容易不过的事。那知道全军各个受险时也有"一致"精神。散而后聚，全城的人民就遭覆灭了。

《老克落墨狄城》及《狄克推多》（Le Dictateur）也是同样的悲壮激励，诗句尤其强劲动人，真是现代文艺中不可多得的宝物。

他的喜剧和小作品也很多。不过最著名的是演过将近千次的《克罗克医生》（Knok）。克罗克为着营业的缘故，走到某小城去行医。此城原有的医生以生意之不利相警告。那知他的手段一来，广告一出，全城变成一座大医院，乡民皆来求治，生意十分兴旺。他弄得所有的居民都自以为有病，不惜多金来就诊。最后甚至于将原有的医生亦弄得自以为不适了。其中戏弄乡民的笑话极是刻薄。有人以为罗曼是现代的莫力尔，其实他的喜剧上不及《伪君子》（Tartufe）及《守财奴》（L'Avare）那样伟大，下则远胜于莫力尔的滑稽剧。莫力尔自己是病夫，一生吃尽了医生的苦，所以做了许多骂医生的剧。罗曼自已是医生。《克罗克》并不是刺讥医生的剧。使我们捧腹不止的是那班容易被骗的乡民而不是克罗克本身。

（四）百那（Jean-Jacques Bernard）是有名喜剧家百那（Tristan Bernard）氏的儿子。他的父亲差不多写了六十多本剧。其中如L'anglais Tel qu'on le parle实在很饶笑趣。不过儿子的作品，简直又是一番气象。因其父名声盛大，他不愿人谓其模仿乃父，就特意的离父道而另创一派。他的特点是利用静默的表情价值——隐情与不露的表示——来显露潜心理的动作。古谓"大悲痛是无声无息"的观察，百那应用的极为妥善。《马婷》（Martine）及《受苦的灵魂》（L'Ame cn peine）是他的两件杰品。马婷是个僻乡的贫女，然而姿色非常清丽。邻家富少年由巴黎归，途遇之，爱其色而与之往来。少年出于一时的高兴而马婷则真情相爱。后来少年另娶，马婷则含泪吞声嫁于素不相爱的粗作工人。全剧之中，马婷未露一句爱慕之言，而情意尽行流露，诚为玩味无穷之佳作。《受苦的灵魂》的情节更新奇而笔法亦若《马婷》一样的包涵混贴。墨特林的《青鸟》里有男女两灵在天堂相爱，后来上帝派下来做人有先后之分，两灵请求同时降生，以便在凡间结为夫妇之一幕。百那取此意为这剧的主旨。剧中的主角（一年轻已婚之妇）在世上没有找着她相爱的灵，所以一生东抓西摸，找不着如意的事，然而她的相爱之灵却数次与她相见过，但因地位之悬殊，咫尺竟若天涯了（参看拙译《玛亭及痛苦的灵魂》，商务出版）。

（五）沙曼（Jean Sarment）是个两面人。一面是很良善、很温和很富同情心。一面则又极刺讽、极刻薄。平时温顺可爱之至，一到动气或是被人欺侮之时，态度即大变。他的感觉太锐（trop sensitif），无处不感受痛苦。无意之中，只字片言可以使他苦得不堪，然而他自己却最爱讥刺。譬如，他在美国演戏时，他的两位同伴在廉价时购买了两件雨衣，大家都高兴的送给他看，他却要笑不笑的说道："唔！一个穿了还不差，那个则可笑极了！"结果，两人都难过，究不知谁还不差谁则可笑。因此他给别人受屈的时候也很不少。不过他有一位极美丽极能干的夫人：Marquerite Valmand。他剧中的大女主角大半是她演，并且每日替他息事宁人。沙曼自己也是很有本领的伶人。起首在 Théatre de l'CEuvre 与 Lugné Poë 共同创造了 La Couronne de carlon 及 Le Pêcheur d'Ombres。后来同 Jacques Copeau 到美国演了许多法国有名的今古剧本。他自己的最大作品有：

《我自己对于自己太伟大了》Je suis trop Grand pour moi

《钓鳟的渔夫》Le Pécheur d'Ombres

《墨得伦》Madelon

《限姆勒提的婚姻》Lc Mariage d'Hamlet

《世上最美的眼睛》Les plus beaux yeux du Monde

《你有心肝吗？》As-tu du Coeur?

《钓鳟的渔夫》及《我自己对于自己太伟大了》是他的最上杰作。《钓鳟的渔夫》颇似略落曼的《时间是梦幻》一样的奇离新颖。有少年诗人因爱情病疯了，母亲设法将被爱的少女召来诊治，谁知同居的哥哥竟爱上了少女。后来诗人的疯病渐好，女子对他也发生了真爱情。哥哥以为女子的爱不是真的，仅藉以诱治诗人的病，故从各方面妨碍他们的婚姻。结果，诗人竟发痴而自杀了。其中凄惨悲苦的情节，描绘得淋漓尽致，诚不愧为二十世纪戏剧杰作之一。

《我自己对于自己太伟大了》描写一个有大志向的人终被肉体所征服而郁郁不得志。其中对于人情的内幕，观察得极其透彻。剧中有二人。一个青年富人梦想得一个理想的女子为妻。后来遇见了一个，不幸被他的兽性冲动吓跑了。同时有贫穷的中年男子心怀大志，欲创造一种新宗教以救世人。贫时思想丰富，只要有饱食暖衣就可以组织成章。不料他一旦得着温饱而他的思想却腐化了。

（六）白落林（Jean-Victcr Pellerin）是一个三十五六岁的阔大少。父亲是很殷厚的实业家。他自己极爱文学，尤其喜欢戏剧。他写了两篇剧本：《亲昵》（Intimité）又《变幻的头颅》（Têtes de Rechanges）。《亲昵》描写两夫妇在一块儿表面上彼此很要好，然而其实却各在想各人的心事。这个想到戏院，那个念到情人。剧名即含讽刺的意味，《变幻的头颅》这剧只有二十世纪方能产生出来的。旧式的叔叔由乡间来访新进实业家的侄儿。侄儿雅不欲与他周旋，然而不得不招待，所以一边与他说话，一边想到别的事情上去了。一时他在店里买帽与柜女调弄风情，一时又参加某夫妇的新婚礼。最后一个侄儿变成五六个，叔叔先到饭店等他晚餐，五六个幻景侄儿都同时来到，将叔叔吓倒了，然后真侄儿才到。这剧被 Gaston Baty 在 Studio des Champs Elyseér 排演得极有声色，大受社会的欢迎。一人变成五六人的幻景，都在台上的后半段演出来，正如电影一样，十分清楚。这种剧是不能以文字译的，只有排演到好处时才能传情递意。百那以静默各种方法传示潜心理的动作，而白落林则以幻景来表示之。二氏可谓异途同归了。

以上所讨论的六位是法国近十年来戏剧作家的泰斗。其他很赋天才而未能独创一派的尚不胜其数。本篇以篇幅有限，不能一一详及之，只能分门别类的稍微指明一二而已：

（1）现代悲剧。悲剧原是人对于运命或其不能驾驭的势力所发的一种争斗或反抗。从前的悲剧常极激烈，现代悲剧则十分宁静，似乎现代的人不愿将自己的悲痛大声疾呼的嚷出来。《马婷》是一种情感的悲剧。她可谓是爱情的牺牲者。她极感自身地位的痛苦，然而无法可以更改之——这是在她的能力之外。Charles Vildrac 的 Le Paque bot Tenacity 也是这类的悲剧，因为主角的一生大志都被爱情牺牲了。Vildrac 的东西也是如布尔利尔一样的取之于实际生活，然而用一种风格及诗情化为神话。他的Pelerin 及 Michel auclair 亦极有名。Paul Raynal 的 Le Tombeeau Sous l'Arc de Triomphe 也属于此类。这是欧战中最大的悲剧。泰西人士一时都为之震惊了。

（2）现代化的浪漫剧有以下各种：

Charles Méré——La Captive

Francois Porché——Les Butors et la Finette

Paul Fort——Les Compéres du Roi Louis

（3）心理分析的喜剧有以下各种：

Alfred Savoir——Le couturier de Luneville

Deny Amiel et André Obey——La Souriante Madame Boudet

（4）幻想和诗情化的滑稽剧最著名的有以下几种：

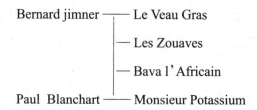

Bernard jimner —— Le Veau Gras

—— Les Zouaves

—— Bava l'Africain

Paul Blanchart —— Monsieur Potassium

这类东西都是以滑稽来描写人们的可怜处，可谓以笑容来掩盖泪痕了。

易卜生的野鸭

　　有的画只可以近看，有的画只可以远观。譬如有许多中国的工笔画只可以就近一笔一笔的细玩，略远几步，就觉得它呆滞而没有多大真实性。可是许多西洋的油画，你若逼近去看它，就只见一堆堆五颜六色的颜料涂在上面，一些也看不出道理来。然而你若后退到一个相当的距离，它的意义，它的真实性，就在你眼前活动起来了。我们读易卜生的《野鸭》，也就要像看许多西洋油画一般，站在一个相当的距离去赏玩。距离太近了，你就会觉得一个莫明其妙。"难道这家照相馆里的人，都发了疯吗？"你一定这么问，"怎么一个个都是这么平庸，这么无意义。这么浑沌，这么昏沉，这么可笑，这么狂妄，这么先尼克（Cynic）呢？"是的，不错，健娜是这么平庸而无意义，老哀克达是这么浑沌昏沉，喜雅玛是这么可笑，仿佛一个丑角似的，格里爵斯是这么狂妄得可恶，悦林是这么先尼克得可怕。可是他们都是人，人类就是这样的。还有老渥落、梭璧夫人，堕落的奠威格，以及最纯洁最可爱的海葳格，都是有肉有血的人类。只要你站远一点去看他们，你就会看出他们的真实性。

　　故事是这样：先是老渥落（Werle）与老哀克达（Ekdal）合伙开工厂。他们侵占了政府的权利。结果老哀克达入狱而老渥落脱离了干系。渥落曾误信某女子拥有巨资而与之结婚。失望之后，又兼女貌不扬，于是夫妇感情破产。后来虽然生了儿子——格里爵斯（Gregers）——夫妇仍不免常常发生龃龉。渥落后竟与女仆健娜（Gina）私通，致使妻子忧愤以死。格里爵斯与老哀克达的儿子喜雅玛（Hjalmar）自幼同学，感情极洽。自家事发生后，格里爵斯即往外省工厂去工作。对于家事绝不闻同。老渥落因欲掩饰自己的丑行，引诱喜雅玛与健娜结婚，而津贴他们开设照相馆及家用。新夫妇得女海葳格（Hedvig），珍爱异常。一家四口子连出狱后的老哀克达在内，开设着照相馆，过着虽是极平庸，却是极舒适的日子。老哀克达原先是个爱打猎的健将。现在当然日暮途穷，没有法子享受这种权利。然而为欲满足他这嗜好起见，他们将一间大大的屋顶间，变成一片养鸡兔鸟类的园林。这园里最被珍爱的，是一只被渥落击伤了翅膀，落在深水里，而被灵犬捉上来的野鸭。

这都是已往的事实。易卜生写这篇《野鸭》，也一样依照他的常例，不把故事从头说起，而让海葳格在这安乐的家庭内长成了十五岁。

《野鸭》是一出喜剧，而不是悲剧。不错，可爱的少女海葳格，在最后一幕是自杀了。她的死实在是令人悲痛，令人震惊。有悲惨的结局，而非悲剧，岂非异事？可是易卜生这里是个新的尝试。他用她的死，来加倍地陪衬出其余剧中人物的无聊、可笑、可厌、无所谓而已。

先是易卜生因为《傀儡家庭》得罪了社会上的保守势力。大家骂他是革命匪徒，宗教叛徒，家庭破坏者，社会秩序摧毁者；

他不应该主张女主角萝娜背弃家庭、宗教、丈夫、子女去自求解放以及个人人格的修养。他以大艺术家的身份，绝不置辩。他的回答：就是群鬼。爱尔温夫人总算是保守派里面的典型人物了。然而结果如何？受了二十多年的苦生活，到头来仍不免儿子疯毙，一切事业毁灭于眼前。可是社会仍不能见谅于易卜生，说他这只是少数人的主张与困难，大多数人的见地是对的，是不成问题的。他的回答：就是《人民的公敌》。市政府的医生发现全城的饮水与用水里面有毒菌，定要公之于社会以求改良，而利益关系密切的大多数，竟认他是公敌，不准宣布。易卜生在这里当然是说：只要你有真理在你的手里，就是少到只剩你一个人，你也是对的。

若是用他这种"真理超乎一切"的态度来读《野鸭》，《野鸭》当然是一出悲剧；因为喜雅玛绝对不知道健娜与渥落已往的暧昧：他们的婚姻当然不是建立在真理的上面。不是建立在真理上面的婚姻，当然不是真正婚姻（a true marriage）。不是真正婚姻，当然应有悲惨的结果。可是易卜生的改造社会主义，可说在《人民的公敌》里面，发扬了最后的光芒。这并不是说他对于社会上种种弊习，已经减少了疾恨的热度；只不过他从此以后，不让他的愤怒全副武装罢了。他把潜心研究生命本身的工作来代替了改造生命的事业。他慢慢的变成一个人情人性的发掘者。他细心的观察，凝神的静听，将人的行动追寻到它最后的原动力里面去，然后再加上环境与历史的深切的检讨。在他这种忍耐的、沉毅的，可是收获总算富丰的发掘中，他未曾一刻放弃改造社会的热忱。他一生最不能原宥生命的：就是生命不能依照他的理想去改造。他最后不得不承认一个最可恨的事实：就是整个人类生命已经停泊在种种生物学的规律与事实中；人性并不是如许多哲学上所谓自由的、无定的、可以改造的，而实是已往中种种力量的产品；生长发育的程序，都无非是对于环境不息的反应；总言之，生命的规律是适合环境，也就是易卜生所最厌恶的一个丑字：妥协。这种事实的承认，使他的愤怒失掉了目的。可是他的愤怒并没有平息；他只不过被塞住了口而已。从今以后，他将愤怒埋在一种微妙的形式里面：他尽心尽意的描写人，将他的行动的外貌与那理伏在里层的心理状态及动机的分野，毫不容情地暗示出来。

所以他的《野鸭》，是用一种带有魔鬼性的快意（diabolical joy）的手腕写成的。《野鸭》是喜剧，可也是一种带有严重性、愤怒性的喜剧。格里爵斯是用刺讽（satire）的笔调写的，喜雅玛是用幽默（humour）的笔调写的。其余的人物则完全是用实笔写的。

我们现在且看他这喜剧如何进行；且看他用些什么艺术技巧，把我们的注意力完全抓住，引人入胜地把我们送到最后的幕落为止。就心理学而言，亦即就戏剧艺术而言，最能抓住观众的注意力的，莫过于趣味（interest），而产生趣味的最大因素，英过于悬点（suspence）与有趣（comical）的场幕。戏剧技巧（dramatic technique）与剧情的演进是犹皮之于毛，相附为用，不可一时分离的。所以我们现在叙述剧情时，亦随时指出技巧的所在，庶几全部《野鸭》，珠玑毕陈了。

海葳格在照相馆内已经长成了十五岁。易卜生的戏也就在这时开演了。今晚渥落府内大开宴会，专为儿子格里爵斯接风，老渥落因为目力渐衰，欲与女管家梭璧（Sörbr）夫人正式结婚，以便名实相符地得着她的照顾。他将儿子从外省唤回，是专为分配家产而得取他对于婚姻的同意。喜雅玛因为与格里爵斯相善的缘故，亦被邀请加入宴会。二友相逢，重温旧雨，追叙别后的情形，当然不胜之喜了。然以他这照相为业的平民，初次参加阔人的宴会，自不免处处表露寒酸。加以又发生一件不幸的事情：褴褛颠沛的老哀克达竟于此时出现于客厅。他无非想从富人的厨室内得一点好处，却不幸将儿子羞得无立身之地，不得不即时作别。这一切都使得理想家的格里爵斯大难为意。他于是俟客人随梭璧夫人往他室歌舞之时，即拉住父亲说："父亲，我有一句话同你讲！"剧情至此已显然来到一个紧张之点[见图（一）的A点]。这一点是剧台上常见到的。一切说明与不关重要的人物，都

悬点图（一）第一幕

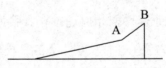

A：父子争论的起点。
B：格里爵斯决定离弃家庭。

一笔勾销，而让两个对头狭路相逢，不能不出之于一斗。父子激烈舌战之结果是：格里爵斯与父亲断然决绝了。他决定即时脱离家庭，而认真改造喜雅玛的家庭，使他们的婚姻成为真正婚姻，为他今后的终身事业。剧情的推进，至此可说是到了一个小小的顶点（climax）了[见图（一）的B点]。所剩下来的问题是：格里

爵斯既然脱离了家庭，以后怎么办呢？把这个问题留在观众的心里痒痒的以后，幕就可以徐徐而下，使大家休息片刻了。

幕再起时，观众对于那痒痒的问题当然希望可以得着一个解答。易卜生可不能急急答复你；一幕的起首总是要从从容容的。这晚，健娜和海葳格在照相馆的家内，等候着喜雅玛的宴后归来；海葳格尤其吃紧，因为父亲应允给她从席上带些果品回来。

悬点图（二）第二幕

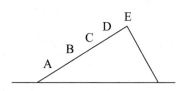

A：老哀克达的入场。
B：喜雅玛的入场。
C：格里爵斯的入场。
D：野鸭的出现。
E：格里爵斯决定在他们家住。

不久老哀克达却摸摸索索的抱着一瓶席余的波兰帝回家了[见图（二）的A点]。易卜生把他写得非常老气昏沉而狡狯得可笑。作者的艺术眼光指示出来了：像第一幕头一段那种简单说明的场面，这里再不能适用了。他既然要把这剧做严重性的喜剧写，也就不能吝惜给观众一些发笑的机会了。少顷，喜雅玛带着倒霉的气色回来了[见图（二）的B点]。

海葳格喜得雀跃三丈，以为父亲一定是满载着愉快与果品而归。意外的失望当然使她忍不住眼泪。可是最后父女仍是归于旧好。喜雅玛正在吹着洞箫，彻底享受着家庭幸福的时候，格里爵斯却敲门而入（见图（二）的C点）。这时老哀克达已是被波兰帝灌得更昏沉了。在谈话之际，他欣欣然定要客人参观他的屋顶园林，及海葳格所最珍贵的野鸭[见图（二）的D点]。不幸格里爵斯听见这家里有余室出租，他就决定要搬来同住[见图（二）的E点）。剧情的推进又推到一个小小的顶点了。他这决定，对于上幕所留下的问题可谓给了一个解答，而对于下幕却又掀动了一个紧张的疑问：就是格里爵斯与他们同居之后，毕竟如何披露他心中的秘密？这一幕的悬点都系在几个人物入场的时候；每一人物入场，则剧情增加几分紧张；直至格里爵斯决定与他们同住，事情就更逼得紧了。有了这紧张的疑问，幕暂下，当然没有观众即时离院之虞了。

第三幕的建筑，则与前两幕完全不同。从开幕直至老渥落的入场，我们有了一种戏台极宝贵的质分：就是心理学家称为愉快的声调，戏剧的术语称为"打诨的放松"（comic relief）。在这全幕四分之三的场面上，易卜生将悬点完全放弃了，台上一点紧张的空气也没有。有的，只是有趣、可笑、诙谐的场面。开首，易卜生借用健娜的口，给我们活画出一个决定要自助的格里爵斯的可笑。他以为什么都行，可是一动手收拾房子，就把房子弄得烟尘满屋，泥水满地！这一段除了本身的可笑以外，还有一个伏线的作用：就是后来老渥落来见儿子，所说的话都要观众听见，故二人在台上的客室谈话，而不能在他那已经弄得一榻糊涂的私室里。接着，易卜生又为我们给喜雅玛画一幅全身画像。我们在这里亲眼见到他口口声声称道的苦工与责任心到底是怎么回事。他大约感觉修饰相片真是太苦，以至于在位上不能继续坐二分钟。他爱海葳格的心思，总算深挚了，然而他竟不惜牺牲她的目力，去让她替自己修饰相片，且必将责任放在她自己身上。然后在海葳格与格里爵斯一段极有风致的谈话中，作者使我们完全认识了海葳格。她的性格、思想、野心、希望、忧虑与梦幻都历历如在眼前。再又继之以一段极可笑、极有味的活动写真。鲁雅玛在叙述一生的磨折、痛苦及今后的计划之时，谁也不能不笑得捧腹。只听他对于那遥遥无期的关于照相术的发明，所预计要求的赏赐，以及他叙述手枪的历史那一段，你就不得不惊服作者的手腕！可是这一切对于剧情的推进没有多大关系，对于上幕所遗留下来的问题：格里爵斯如何去披露秘密，不易得着解答。但是易卜生的本领，到底是高强。他将老渥落唤来，去逼出格里爵斯的行动。这老一入场（见图（三）的A点]，场面上顿时现得紧张。

悬点图（三）第三幕

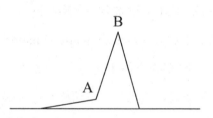

A：老渥落的入场。
B：老格里爵斯邀喜雅玛出外散步，以便披露秘密。

久被抛弃得在一旁的悬点，即时又活跃了。渥落本是来劝儿子不必多管闲事，不必去扰乱人家平庸而快活的生活，可是结果却适得其反。他的劝告反使得格里爵斯不得不向喜雅玛说："请戴上帽子穿上外衣，同我出去一下，我有话同你讲！"（见图（三）的B点]。剧情至此，当然已到了一个更高的顶点了。这里除了答复上面的问题以外，又引起了以下的问题：喜雅玛知道健娜的历史以后，当如何行动？

第四幕的头一段，也和三幕里一样，有一段"打诨的放松"。可是有一个重要的异点，和在第二幕里，易卜生不敢重复第一幕的简单说明一样，他因为这里已逼近全剧的最高顶点，也就不敢专事打诨好笑的玩艺儿了。全段委实十分好笑有趣，然而总伴着全剧的中心点转圈儿，没有离开主题一步。主题当然是：喜雅玛知道了秘密之后，如何行动？可是在这个范围之内，易卜生可就一点不拘束了。这里简直将喜雅玛写成一个丑角。他一时说：我不会伤害野鸭头上一根发；一时又说：我不会伤害它头上一根毛。其实发也好，毛也好，听来总是好笑。他这种种的做作，都无非下意识地想引起健娜向他哭泣求饶，做出一幕儿女情深的景致来，然后他就可以赐与一个宽宏大量的原谅，就此完成他们的理想婚姻。可不料讲实际的平庸的健娜，绝不能走到那种惊人动魄的剧情上面去（melodramatic situation）。然以剧情而言，他重复考问健娜的已往事迹时，空气已渐渐紧张（见图（四）的A点]。格里爵斯入场时，事情更紧逼了[见图（四）的B

悬点图（四）第四幕

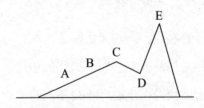

A：喜雅玛开始考问健娜。
B：格里爵斯的入场。
C：梭璧夫人的入场。
D：喜雅玛忽然觉悟海藏格眼弱的意义。
E：喜雅玛大怒地冲出家庭。

点]。他以为这次进来，可以见到两夫妇光荣满面，做到了理想的新生活了。却不料事实并不如此简单。他的失望与不安，也使得空气非常逼迫，可是在梭璧夫人入场之时[见图（四）的C点），空气顿时松散了，悬点即时退落了，一件崭新的事体发生了。骤然看来，这好像与中心问题完全无关系，其实她来送渥落的遗嘱与海葳格，并言及老渥落将盲目，以与海葳格的眼弱相应证，而渐渐引得喜雅玛觉悟海葳格不是自己的小孩，委实是全剧的一个大转头。这里易卜生利用了戏剧艺术里的一个特别利器：惊奇（surpise）。无缘无故的惊奇，意外的惊奇，戏剧里本算是下乘的笔法。然而这里的惊奇是一路埋着有伏线的，有原有委的。这种手腕，易卜生以外，很少人能够运用得当。喜雅玛觉悟女儿不是己出[见图（四）的D点]之后，那种痛苦与悲哀，写得极是淋漓逼真。全剧里面，只有这里，我们可以同他共洒一掬同情泪。他大怒的决绝的冲出家庭[见图（四）的E点]的情绪，也可以得着我们的了解与同情。剧情到了这里当然已是达到一个很高的顶点了。喜雅玛冲出家庭之后，格里爵斯仍想从断璧颓垣中再行建造。他劝海葳格牺牲自己所爱的野鸭来表示她对父亲的爱，仿佛拿野鸭的生命来向父亲赎罪似的。这一段是剧艺中的所谓反顶点（Anti-climax）。这一幕所留下的问题是：喜雅玛以后的行动怎样？

这最后一幕的开首一段是专为满足我们对于喜雅玛的好奇心而写的，我们知道他冲出家庭之后，无非只是同海葳格及悦林（Molvik and Relling）二人。在外面胡闹了一夜而已，我们的心也就略安了。第二段是悦林和格里爵斯大大的争论起来。悦林以为一班人要有一个幻觉（illusion）才能生活，而格里爵斯则坚持他的理想的要求。悦林是十分的先尼克，将人类看得极其透彻。在他这一段叙述中我们才明白喜雅玛之所以为喜雅玛，格里爵斯之所以为格里爵斯了。后者之所以崇拜前者为英雄而欲在他身上实现理想的要求，也无非是一种病态心理的作用而已。这一段谈话可说是大风暴前的一时的平静。作者使我们在这外面似乎毫无动作之中，感觉着事态的紧张与压迫——正如有许多时候，静默比高谈更来得可怕而紧张的一样。这种紧张，就是喜雅玛入场之后，亦不见松缓。不特不见松缓，反而是有增无已的形势，因为他一入场，一切诙谐滑稽的场面就顿时现于台上了，仿佛他生来是个丑角，人见了他就不能不笑似的，但是在嘻笑之中，我们感觉另有一件不可免的事——大约与海葳格牺牲野鸭有关系的事——定会发生的。可是在这事未发生以前，我们不能不充分享受喜雅玛的喜剧！实在说起来，这一段喜剧——就是喜雅玛口里不息的说着要永远离开家而心里实在有做不到的苦，以及健娜种种事实上的处理这问题——可谓是易卜生平生喜剧中最得意之作了。但是更神妙的是：易卜生敢于在这喜剧的场面上远远的突然的来一枪声[见图（五）的A点）。数分钟后，这些似狂非疯

悬点图（五）第五幕

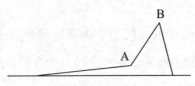

A：枪声。
B：我们发见海葳格自杀了的时候。

的人，才发见海葳格为表示真爱父亲而自杀了（见图（五）的B点]。这个最高的顶点是一个最大的惊奇。可是这个惊奇也是自然的，不是偶然而来的。这个顶点的后面没有留下问题，就是海葳格的未来的盲目也不能再给人忧虑了！海葳格死了之后，悦林和格里爵斯又继续谈话，好像没有发生过什么事体的模样。易卜生的大愤怒，也就在这反顶点里面，更加显然。可爱的纯洁的女孩为爱父牺牲了性命，而这班先尼克与狂妄之徒仍若无其事的谈着谈着！

一八八四年易卜生给一个朋友的信里说："整个冬天我在脑子里转着一些新玩艺儿，关于一些极可笑极愚笨的人事。我继续的转来转去，直待他们变了戏剧的形式；现在我已经完成一出'五幕剧'……。"在同年九月他将此剧稿付印时，与出版家的信里亦说："在许多地方说起来，我这部新剧在我的戏剧著作中可说是占据一个特别的位置。就方法而言，它与我从前的作品许多地方不相同。但是我此刻在这上面不多说话了。我希望我的批评家曾发见我所暗示的几点；至少，他们会找到几件事体去争论，几件事体去解释。我想着这部《野鸭》也许会引领一部分的青年作家走到新的路上去；这是我认为我们所希企的结果。"

由这些信里的自述，可见《野鸭》在易卜生心里原也是一部喜剧，只是喜剧而用一个悲惨的自杀为结局，笔法是太新奇了，使人骤然见之，未免茫然不知所措了。他所谓批评家定会找到几件事去争论去解释，后来果然中了他的预言。即就野鸭在剧中的意义而言，解释之多已就可观了。有的说：它是象征无能为的格里爵斯，广言之，就是代表人类一班的没有能力的热心理想家。

有的说：它就是易卜生自己的假身。有的认为它是代表老哀克达。有的以为它是象征喜雅玛。有的说它是一班人在生存竞争中失败了之后取来代替幸福的象征，如同许多寂寞人将爱情移到小禽兽身上去一样。又有的说：它是这剧中所有人物的暗影，叫出这班失败者意识之内或意识之外的痛苦的共鸣，而这班人的代表当然是老哀克达了。可是野鸭到底象征什么，我们也只好让仁者见仁，智者见智罢了。

易卜生的著作之所以称为神品，就是因为如沙氏比亚的著作一样，常有一种捉摸不定的质分在里面。对于野鸭的解释，已经是这么多；对于人物的解释，更是不胜其纷乱了。在作者与出版家的信里尚有这么一段话："在最近的四个月里面，我每天都在工作着它；现在要离开它，实在不能说是没有一种耿耿之情。长久的日常的与这剧中人物的来往，使我很爱他们，虽然他们各有各的短处……"可是他写这句话的时候，一定没有格里爵斯在心里。在全剧里面，我们似乎找不出一笔爱惜他的地方。他只是一个自以为正直得了不得，道德高尚得了不得的狂妄者。《人民

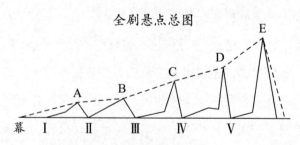

全剧悬点总图

A：格里爵斯决定脱离家庭。
B：格里爵斯决定喜雅玛家同住。
C：格里爵斯邀喜雅玛出外散步，以便披露秘密。
D：喜雅玛觉悟海葳格眼弱的意义。
E：我们发见海葳格自杀了之时。

的公敌》里面的医生，虽是有点愚笨，可还不该受这个名称。可是格里爵斯实在是人民的公敌，社会的蠡贼。人家本来快快活活的家庭，他却一定要把鼻子嗅进去，闻出不相干的气味来，使得人家闹得家败人亡！喜雅玛却只是个善于扮演无病呻吟者的角色，虽然他的忧愁不能抵住他的食欲，可是他的美丽的声音，清秀的面目，潮湿的眼睛，已够使我们爱惜他了。健娜是个道地的民间女子；任如何大的事变，也不能夺去她那实事求是的镇静心境。全剧中最可爱的是海葳格。格里爵斯只是冒称理想家，而她才是个真正的理想家。易卜生在这里似乎是纪念他自己一个与这少女同名的妹妹。这个妹妹仿佛是他姊妹兄弟中他最钟爱的，最能与他有了解有同情的。海葳格可说是后来《落丝蜜尔荷磨》（Rosmerholm）一剧里面乃白格·悦斯特（Rebecca West）的淡影。她才了解了爱的真意义。爱只是牺牲。她为要维持父亲对于人的信心，——使他相信天地间毕竟有可靠可爱的人——她不惜将自己小小的性命牺牲了！

本篇重要参考书：——

（1）The modern Ibsen by Welgand.

（2）The Study or Drama by Brander Mathews.

（3）Watching a Piay by C.K. Munro.

（4）Ibsen by Otto Helier.

妥玛斯·哈底

英国大著作家妥玛斯·哈底（Thomas Hardy）逝世的恶耗传来好久了。他今年八十八岁，寿命固然不可谓不长。然而在文学界这是多大的一个损失！我们由他的著作中素来仰慕他的天才，钦敬他的人格，他于今长逝，我们只有这篇小小的介绍聊表敬悼之意。

听说他的遗嘱要将他的尸首埋在他一生敬爱的家乡：Wessex。但是他的国家英吉利因为崇重他的缘故，定要赐他国葬。他的妻子不能抵抗这种荣典的诱惑，同时又不能违反丈夫的遗嘱，所以取一个折中的办法：将他的心挖出来埋在他的家乡，将一个无心的哈底在当代的大臣宰相名流学者之前十分闪耀地送葬到 Westminster Abbey 去了。哈底在著作中对于社会，对于一切势力，都下有极严厉的批评，现在他亲自受着这样的待遇，九泉之下，当不知作何感想咧！

哈底生于千八百四十年，初年专门建筑。至千八百六十七的时候，大约禁不住自己天才的奔放，才改事著作。四年之后，他的小说诗词就陆续的一部部出世了。就他的作品的丰富而论，我们就知道他的一生与社会没有直接的活动，然而他对于社会的影响却更为宏大，更为真切。

哈底是一个悲观的诗人。他的那颗凄凉慈悲的诗心在他任何作品中总是暗淡的闪灼着。从哲学的观点看去，他的作品是代表他的一种特殊的信念：就是，我们这个世界是被一种既不恶又不善只是漠视人类的一切情感的势力所管治着。任你人们欢笑也好，啼哭也好，这势力总是千年如一日，昏昏愦愦，不闻不问。从艺术的观点看去，他的著作是代表他所见到的这个世界。在这世界里人的个性及欲望总是与那漠视一切的势力相冲突，正如希腊的悲剧里，人的个性及要求总是与运命、神明、或风俗相抵触一样。哈底的艺术的目标就是尽量的表现他自己的心，严刻的创造他所见到的真实世界。昏愦势力支配底下的人的微弱无能，生命的短暂，无时不在他心里盘桓着。人实在是一件毫无价值的东西！但是人果如此无价值，那又何必去写他？哈底幸而有一种双关的眼力，不使他变成先尼克或悲观者（Pessimist）。他虽然见到人的微弱无能，他却也看见他的伟大的地方。从宇宙的无限无穷看去，人自然是一尘一蚁，隔日黄花，转眼皆败，毫无意义之可言。然而在奋斗痛苦之中，从一个牛乳女的心底上看去，人是伟大的，人生是有意义的。他的作品中没有一处会鄙视过人的意志，坚韧与情感的。在他看起来，到头来，一切都是虚无，都是毁灭，然而一切却仍是尽心尽意地生存着奋争着，令人不能不赞赏钦敬。哈底对于人生所见到的悲剧全出于这个两面的看法：人生一方面是伟大悲壮，一方面是微弱无能。

他的作品可分为六类：

（一）小作品
- Desperate Remedies
- A Pair of Blue Eyes
- The Hand of Ethelberta
- A Laodecean
- The Well-beloved

（二）附属作品
- Wessex Tales
- Life's Little Ironies
- A Group of Noble Dames
- A Few Crusted Characters
- The Trumpet-major
- Two on a Tower
- Under the Greenwood Tree

（三）诗词
- Wessex Poems
- Poems of the Past and the Present
- Time's Laughing-stocks

（四）戏剧
式的
小说
- Return of the Native
- Far From the Maddening Crowd
- The Woodlanders
- The Life and Death of the Major of Casterbridge

（五）英雄传记
式的小说
- Tess d'Urberville
- Jude the Obscure

（六）诗体大剧——The Dynasts

哈底的作品共有二十二部。一生的工作可谓壮观了！然而除小作品（一）外，其余的都有一贯的气色，可说是一个整体的建造物。进而言之，可比于一座巍峨的宫殿。正中，瑰然生辉的正殿是他那部"诗体大剧"（六）。东西两座极尽人工的大殿是那两部"英雄传记式的小说"（五）。前面连着四进大殿就是那四部"戏剧式的小说"（四）。至于其余的偏殿、侧殿就是那些"诗词"（三）及"附属作品"（二）了。哈底原来是位建筑家，他的作品到处受他的专门学问的影响。他的全体作品固然是一座伟大的建筑。然而每部却也是一座独立的、根基稳健的、线脉均匀的、装饰玲珑的大厦，在结构的美而言，他的小说可谓达了绝峰！

（一）"小作品"——这多是他初期的，及创造大著作时期中消遣的产品。它们只能表现他的能力，不能代表他的天才，多是些有趣味，有幽默的小品。兹限于篇幅，不能详论。

（二）"附属作品"——哈底的附属作品与我们前面所描写的那座大宫殿是没有直接的关系，只可说是些偏殿或装饰品。然而它在各种形式与态度中也能给我们窥见著者的特殊的人生观，不过这人生观在作者心里的真实深切的意义尚没有表现出来而已。他的短篇小说：The Three Strangers 和 The Withered Arm 就是他那人生观集中在一种强劲明丽的形式。前者可说是短篇小说中只讲 Situation 的最好例子。罪人藏隐着的恐惧，刽子手对于自己职业的矜夸，罪人兄弟的惊怕——三者都写得形形色色。后者是一种极暗淡极阴霾的悲剧。一种可怕的迷信领导得这故事极迂缓的然而一步不放松的进行着。哈底的短篇小说，形式与态度各有殊异，然而这两篇差不多可以代表一个大概。不过其余的不如这两篇的悲惨而稍含讥刺性就是了。A group of Noble Dames 是他描写女性的一种极明显而同时极机巧的模范。他对于女子心理的研究可说在这里和盘托出来了。这些尊贵的女子有时不妨任随自己的幻想做去，它时则又情愿忍受极严酷的义务的驱使。她们的不定的行为是不可免的，并由情感直接发出来的，没有经过理性的判断的。A Few Crusted Characters 的用意与范围比较的轻小，然而本身却是一件小小的杰品。一个男子久别之后，忽返故乡。在邮政车里他向同车客询问故乡故友的经过。归客的态度，乡民的诙谐，真描绘得淋漓尽致。The Trumpet mojor and Robert his Brother 可说是特为写得使读者快乐的。激动情感的地方固然不少，而且稍带悲意，然而全篇充满一种温厚柔和的气概，使读者不能不优游自喜的念过去。Two on a Tower 的精神比较的严重，形式也比较的紧张。它的好处不在词藻与装饰，全篇没有一个多字，没有一点外物来扰乱本题的酸鼻的悲惨。被离弃了的中年妇人如何的迷爱一个青年的天文家；她如何妒忌他的科学；后来际遇如何使他们初聚的快乐及后离的悲苦，她因失恋如何的自暴自弃的与神父结婚；少年重返了，她年老了，她如何的痛苦至死——描写剧情的美满及人物的深刻，哈底这里可谓已造极峰。然而这部小说不能完全满足艺术形式化的要求——艺术形式化的生命应该还可深进一层。Under the Greenwood Tree 已是哈底那座大宫殿的进口，我们在这里可以一目千里，窥见里面的浩大气象。故事本身并不复杂，然而其精神及其所取的材料已预露 Tess d'Urberville 及 Jude, the Obscure 的先机了。乡民如何的爱重生命，如何的忍受生命的痛苦，从容不迫的流露于墨楮间。这里面的人物并不多行动，然而个个生气勃勃的生活着。

（三）"诗词"——哈底是一个哲理派与心理派的诗人。在抒情方面，他的成就不算大。抒情诗的大秘密在词句的轻蔼美丽自然，在表现人生的快乐与希望。哈底的诗是理性及脑力推敲而成的，不是出于天籁的，他的人生观是悲凉绝望的，所以与抒情诗根本不合。然而在哲理及心理方面，他却有特别的建树。根本上说起来，诗与哲学是不相谋的，然而哈底的哲理诗却很动人。现在人类的一切无意义的痛苦的生存都被他很尊严地、很勇敢地表现出来了。我们读下去，理智与情感同时都受一种无限的激动。譬如以下的这首诗，令人读了不能不觉得他是在说我们所要说的话。地球上的生物狂呼道：

Has some vast imbecility,

Mighty to build and blend,

But impotent to tend,

Framed us in jest and left us now to

hazardry!

……………………

Or come we of an automaton,

Unconscious of our pains?

Or are we live remains

Of goodhead dying downwards brain and

eye now gone?

哈底有些诗是一种象征，完全出于幻想的。譬如 The Supplanter 一诗描绘一个情人到他爱者的坟上送花，在守墓人的家里抵抗不住守者的女儿的引诱。事后他飘然去了。隔年重来的时候，女子带着一个小孩已成为社会的唾弃物，在坟墓中飘泊。
她要求他的怜悯，然而他漠然拒绝。

He iurns-unpitying， passion-tossed；

"I know you not！" he cries，

"Nor know your child，l knew this mold

But she is in Paradise！"

And swiftly in the winter shade

He breaks from her and flies.

这首诗确实表现一种真实境界，然而坟墓的景地却又很明
显地不属于我们这个实在的世界，可说是幻想中的一种奇异的地
方，一个象征。

他的心理诗，虽不能说是杰作，却有相当的价值。对于我们
的情感与幻想都有很大的鼓动力。譬如，一个妻子听得她的丈夫
忽然死了，被人扛回来了，她第一个痛苦的倾动，是她的屋子没
有弄清楚——然而最后却死于断肠。又譬如一个不生育的妻子，
十分想念丈夫，听见他与别人恋爱，生有儿女，却恬然安守着，
不相侵扰，都是极妙的比例。

总而言之，哈底的诗词除了 Dynasts 之外都不能算为重要的
产品，不过是他的人生观的一部分之表现罢了。

（四）"戏剧式的小说"——我们前面已经说过，哈底一生
的作品，合起来成了一座巨大的宫殿。现在论到他的四部戏剧式
的小说（novels in the dramatic form），我们已经进了前门，走入
殿宇的正身了。其实这四部何以称为戏剧式而 Tess d'Urberville
及 Jude，the Obscure 都称为英雄传记式呢？这四部小说的动作是

许多曲线及再折线所组织而成的，将几个人，彼此有关系的生命织成一个单独的而同时花样复杂的、命定的模型。里面所叙的是四个性格相反的重要人物。它的行程不是一个简单直接的前进，是许多支流前前后后向着一个目的地奔进的。Tess d'Urberville 和 Jude, the Obscure 所叙的是一个人的生命。一条大江荡荡漾漾直往前进。一曲高歌，傍音伴送到宇宙的尽头处。这两种小说的不同之点是：一种只叙一个人的历史，一种却讲一群人互相关系的历史。四部戏剧式的小说的人物除了 Mayor of Castorbridge 稍有不同外，都是两男二女，两个好的，两个坏的。我们差不多可用一种方程式来表现他们相互的关系。兹以好男子 $=A^1$，坏男子 $=B^1$，好女子 $=A^2$，坏女子 $=B^2$ 来表现里面的关系。

在 Far from the Maddening Crowd，A^1 爱 B^2，B^2 爱 B^1，B^1 爱 A^2。

在 The Return of the Native，A^1 爱 A^2，A^2 爱 B^1，B^1 爱 B^2。

在 The Wocdlanders，A^2 爱 A^1，A^1 爱 B^2，B^2 爱 B^1。

这种代数式的分析，自然不能表现哈底的尊严的艺术，然而我们也可以看得出他故意将这些人物的生命引到悲剧上去的用心。但是情感的组织则又各相殊异。Far from the Maddening Crowd 的情感组织被 Bold wocd 的凶猛爱焰弄得复杂了。Mrs. Yeobrighd 的骄傲及 Clym 对于世事与功力的灰心助成 Return of the Native 的悲惨。在 Woodlanders 里面 Melbury 在那里踌躇，不知道还是为忏悔将女儿嫁给 Giles 好呢，还是为名誉将她嫁给漂亮的 Fitzpiers 好呢；这个情景，增加动人之处不少。

The Life and Death of the Mayor of Castorbridge 虽然构造的形式是戏剧式然而实际上却是叙一个人的痛苦生命。Michael

Henchard 原来是个田间束草的人，盛醉的时候，将他的妻子卖出去了。醒后十分懊悔，发誓二十年不喝酒。后来发愤自新，竟做了 Casterbridge 的县长。钱也有了，社会上也尊敬他了，如是妻室儿女也都破镜重圆了。然而渐渐地，他的一切都没有了：位置、财产、尊严及爱情都一一的烟消云散了。最后，他惨死于泥窖中了。但是他的败落的原因在他自己顽憨的性情。昏愦的仇势力利用 Hcnchard 自己来毁灭自己。他很有向上的愿望，然而他的性格的顽憨拖他往底下走。人总是盲目的势力的玩物；任你如何奋斗，到头来，总是败落无遗；在 Henchard 的历史里看来，诚可谓惨了！

（五）"英雄传记式的小说"——任一班批评家如何攻击，任英国社会如何咒诅，Tessd'Urbervilles，Jude, the Obscure总是哈底两部不朽的杰作。在这里面，他的人生哲学，他的艺术，他的整个的天才，无一不辉煌明丽的流露出来了。Tess 是一个贫寒农家的女子，十分安分守己的伴着母亲持家理事。不料他的日事酩酊的父亲发现了他的祖上是古代的望族 D'Urbervilles。后来她的父母日更狂妄，家境日益凋零，不得已遣使Tess去向附近暴发户，冒名 D'Urbervilles 的求援。Alec, d'UrberVilles 是天生的坏蛋，竟想尽了法子将她污辱了。Tess 饮苦吞声的跑回家，不一年生下的一个小孩，不久也死了。后来，她到别处农场上做工遇着了她敬爱的 Angel Clare，成婚的那夜她将前事完全自白了。Clare 是个虚伪自负的男子，他的前罪 Tess 原谅了，然而他却不能原谅她无辜的耻辱，竟将她离弃远行了。Tess 以后备尝艰苦，总以为他有一日会重来。最后她的寡母及弟妹的经济压迫又将她落于

Alec，d'Urbervilles 之手。他果然来了。Tess 一时气愤将 Alec 一刀刺死，以求与 Clare 团聚。两人私奔七日之后，被捕了，Tess 被绞死了。故事只如此，然而其中意味固非一二言语所能形容，只有劝读者自己去领略吧？其中描绘风景极其得力，Tess 笑时有欢愉的景地相配合，哭时亦有凄凉悲惨的背景相陪衬。总之，这是一部艺术化的创造物，令人读了，没有不心情动荡而为 Tess 洒一掬同情泪的。

有的人说 Jude，the Obscure 写得更有力更深刻。各有各的所好，此处无争论之必要。Jude 是一个心高意远而力不足的男子，满心立意想求知识发展，却为一个下等女子 Arabella 所引诱而终与之结婚。后来 Arabella 与他离异，他又作了一度的奋斗，变为传教的牧师。不料遇着了他的表妹 Sue Bridehead 发生了恋爱。这是一个聪明女子，与他的意气相投。因为他是已婚的人，不能与他结婚，遂与素不愿意的人成婚了。然而后来，虽不敢显然冒犯重婚之罪，而同居同食，生儿育女，被社会视为蟊贼。最后两人，抵不了社会的压迫，日落千丈。Sue 第一个败倒了。她的儿女惨死了，社会重担一层层压上来了——最后她竟将自己的信仰反抗而重归其夫了。Jude 也就回到 Arabella，死于穷苦耻辱之中了。Jude 的悲剧是灵肉相争的悲剧。他的激昂的向上心，然而世界上的势力用肉体的要求来笼络他、陷害他。结婚、生小孩、赚饭吃本是他的天性。然而他的向上心并不能服从这天性的。所以我们说他的向上心陷害他的天性亦无不可。

（六）"诗体大剧"——The Dynasts 是哈底大天才的结晶品，是小说家与诗人同树的一株不朽的仙花。他的小说表现他能用高超、尊严而富于情感的手腕描写一件悲惨事。他的诗表现他对于音节韵律的权威。在 The Dynasts 之中二者具备了。哈底生于千八百四十年，幼时颇受老者谈论拿破仑时英法战争的影响。The Dynasts 就是从千八百〇四年拿破仑举兵征英起至 Waterloo 为止的一幕欧洲大惨剧。其中除了人类的动作外，还有许多神明在旁观望陪衬着。他这首大诗，虽然是用戏剧式的形式写的，却确是一首 Epic poem。他自己也就承认 The Dynasts 是一出读的剧不是一出看的戏。这篇作品的价值尚有人怀疑，然而其气魄的豪放，精神的浩大是无疑问的了。

此篇专根据——

Thomas Hardy by Harold Child.

Times' Literary Supplement.

London Mercury .

皮兰得罗

现代意大利的作家最负盛名的，自然是旦龙济河（Gabriele D'Aannunzio）。中国不待言也稍许瞻仰过他的光芒。皮兰得罗（Luigi Pirandello）的大名我们听见过的恐怕仍是不多，虽然他在欧、美久已声誉赫赫。他生于千八百六十七年，西西利的Girgente 城。他一向是罗马女子高等师范学校的哲学与心理学教授。他专门研究疯狂心理。不幸中年的时候他的妻子死于疯狂病。他的精神上自然感受了极大的打击。虽然他以前也写过好些讨论疯狂的短篇小说及故事，然而这个痛苦的刺激却使他顿然变为一个世界知名的大剧艺家。他借研究反常心理的所得来剖解平常心理（这本是心理学里的一个妙法）。所以他对于剧中人物的心理分析是非常周详细致。

他的有名的大剧如《六个人物寻找作家》（Six Personnages En guete d'auteur）、《各有各的真理》（Chacun Sa Vérite（注一）及《亨利第四》（Henri IV）都是讨论疯人的事件。

皮兰得罗的剧不分篇，不分幕，一切的组织都与普通剧相殊异。普通剧的结束或解决（Denoùément）都在最后一幕。譬如有A、B、C、D四个人物。A与B有一种动作1，B与C有一种动作2；C与D有一种动作3。然后1动作与2动作相撞，发生4动作，2与

3相撞发生5动作。最后5与6动作相冲突就结果了全部动作。兹以图表明之如下。

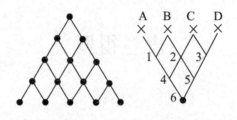

结束或解决

皮兰得罗的办法是反的。他的 denouémént 多半是在起头而剧尾没有收缩的，如上图。

他的这种写法前几年非常受社会的欢迎。一班文人学者都热烈的来研究它、欣赏它。不幸他太被意大利的狄克推多莫索利尼所崇仰，认为意大利的国家作者。前几年他游巴黎时，各艺术院排演他的剧本以表欢迎。不科他演说时为莫索利尼说了几句颂赞的话，即时大受巴黎新进文人的攻击，这两年来捧他的狂热已经冷下去了。但是他的作品的价值断不能因此退减，研究他，讨论他的人数仍是不少。

他的作品非常丰富。我们此地只能介绍一二重要的著作。

虽然他的作品里面整篇都充满着一种谑笑诙谐的热闹空气，其实他是一个悲观者。他可谓是以瞎笑乱嚷来藏隐他由心坎上流出来的眼泪。西西利人性格本是悲愁的，而皮兰得罗又是一个研究心理哲学确有深造的人，脑力过分发达，所以对于一切都看不出光明的方面来。在他的眼内，人和他的所事都是些半可笑半可悯的东西，他们是际遇与情欲的玩物，而这些际遇与情欲又是他们所不能管理，也不能逃免的。

在《亨利第四）》里面，他恍惚拿自己的作品来开玩笑。外貌极尽诙谐滑稽的精微而骨子里却悲惨动人。一个人物假装是亨利第四，威武堂皇的过着帝王生活，他的朋友说他疯了。然而怕他自己明白了反于他的生命有损，所以虚与委蛇，称他做皇帝。但是他却说他的朋友们疯了，他特地装着皇帝来取笑他们。结局到底谁疯谁不疯，我们也无从知道：佛乐德（Freud）的心理学谓每人都有许多殊异的人格。这里，皮兰得罗拿戏剧来表明这个理论。

《各有各的真理》是一篇极饶兴趣的东西。某城的警察庭新请了一个书记。这书记的家庭内幕有些稀奇的地方，因之惹起全城的人民的怀疑。他只有一妻及一岳母。然而妻与岳母却不同居。他把年老丁零的岳母 Madame Frola 另住在一间离家很远的小房子内。他不准她们母女相见，并且很严厉的待遇岳母。然而他亲自每天去看望她，供给她的衣食住都很周到的。她的妻子住在五层楼上。母亲要与她打交涉时，只准用一只小篮系在一根绳上来传递信件。满城的人都感觉这事的奇异。大家约聚起来，要考察一个明白。他就诉苦的说明了。他这妻子是续弦的。MadameFrola 的女是他的发妻，早已物化了。但是为避免老年人的悲苦起见，他瞒着前妻的死而以后妻继任女职，只不准两人相见就是了。但是 MadameFrola 的说法又是一样。女婿原先娶了她的女儿。一时他病征的狂爱把妻室弄病了。她偷着将女儿送到医院，女婿躁得慌，她就谎言女儿死了。后来女儿病愈回家，为防阻丈夫旧病复发的缘故，就冒称续弦妻室。其实女儿与她自己都明白，只瞒着女婿就是了。大家听着这两种矛盾说法，都如落在半天云里，莫明其妙。后来警察长为保护地方治安起见，要追究一个彻底。最妙的办法，自然是请他的妻室亲自证明谁是谁非。他的妻室头面披着黑纱到了。她的证明是·她是 Madame Frola 的女。大家即时高兴了，以为脚落了实地。然而她又说道，"我确是书记的继室"，大家又哗然不安了。所以《各有各的真理》，旁人没法探听出来。其中有一个角色名 Lambert Laudisi 的却取达观态度。他以为真正的真理是找不出的，我们找得出的，只有人造的真假。他的态度可以代表皮兰得罗自己的眼光。

　　《六个人物寻找作家》是一篇更伟大的作品。其中充满着皮氏人生哲学的观察。全篇中，真真假假，幻想与实际，活活跃跃的闹得一个天花乱坠。剧情是:某戏院的主演和一班戏子在预备练习皮兰得罗的 Chacun son Role。刚派完脚色之时暗淡的空中忽然来了六个人物，一个四五十岁的父亲，一个瘦弱的母亲，一个二十多岁沉默顽固的儿子，一个十七八岁的活泼伶俐的继女，一个十四五岁愁郁的继子，一个快乐天真的小继女。他们自称是一个作家脑子里已经创造好了的人物。后来许是因为他不情愿，许是因为物质的阻碍，没有将他们贯注生命，放在艺术的世界里去。现在他们来要求这个生命——这个不朽的生命，因为作者可以死，他创造的人物要永生的。起始，主演自然不答应，说他自己不是作家，不能给他们所要求的。但是一步步父亲和继女将他诱惑。他允许将他们生活过的情节编演出来。他们就将他们的悲剧一方面排演，一方面说明出来了。这父亲是一个绅士。母亲是微贱出身。他们结婚不久，女子就无形的与他的书记发生恋爱。绅士将书记退了，又将儿子送到乡下去教养，女子一天天过着如同迷了路的狗的生活，非常痛苦似的。后来绅士因为怜悯她，把她赶出去。她自然找着情夫，一块儿过活去了。然而绅士却对于她的小家庭常常暗地里扶助。大女儿出入学校，他总是私地下送她许多东西。后来他们移居别处了，他就不知他们的下落。过了许久之后，情夫死了，女子为养活儿女计，就被一个 Madame Pace 雇为针线女。不料 Madame Pace 借裁缝为名，暗行媒诱之实。窥见女貌甚美，借口与其母来往而相诱惑。某回的客人恰好是这个绅士。最后他发现了这是他的前妻的女，他自然懊丧不已。母亲碰着来了，遂大哭大骂。未了，全家都搬到绅士家去。然而绅士家的长子已经成人，对于这些不速之客，十分鄙视厌恨。结果，小女儿落水死了，十四岁的男孩自杀了，大继女逃走了。一场大悲剧也就不收束的收束了。

这剧的好处有几点。

（一）写法的新慧。

（二）言语的有趣。

（三）实际境界与幻想境界混合得奇幻巧妙。

（四）含着许多哲学的，讨人思索的观察。譬如：

……我们各人都是一个小小的宇宙。每个宇宙都与其余的不同。假如我所说的话在我的宇宙中是一种意义与价值，在别人听了又是一种意义与价值，那么，我们如何能彼此了解？

……事实如同一些麻布袋。假如它们是空的，它们站不起来。我们如果要事实立得住脚，有一种意义，我们应当先把动机及情感装进去。

……一个受苦的人才理论。他要知道他为什么受苦，苦的责任在什么地方，这种苦他到底是否应该忍受。但是他如果快乐他就不闻不问地取受幸福，好像是他应该得的。

……我以为作家没有将我送到世界上来的缘故是因为他懒惰又或许是因为他鄙视戏剧，——现代社会所赏识而要求的戏剧。

……假如一个作者所想象的人物是生动的：在他眼内，真正存在的，他只有将这些人物的言语、举动、态度依他们所指示的抄写出来。人物要如何就如何。不然，他一定得不到好结果。

……真正的人——比矿物、植物及禽兽高一层的人，——不是为生存而生活……是为给他的生存一种意义与价值而生活。

（注一）《各有各的真理》及《六个人物寻找作家》Benjamin Cremieux的法文译本，在Nouvelle RevueFrancaise丛书出版，很可读。

读王独清君《诗人谬塞之爱的生活》

近年来国内文学界对于英文作品的谬妄的翻译，做的批评工夫，实在不少。因之译英文作品的，也渐渐知道要慎重。我总以为法文、德文翻译品，不会再蹈英文译品的覆辙。谁知事竟有大谬不然的。我最近在《创造月刊》第一卷第四期，读到王独清君的《诗人谬塞之爱的生活》一篇不到几行就发现有许多的误译。

王君所译摩南的散文，因无原文对照，我不敢妄加批评。他所译谬塞的九首诗则都有原文附印出来，可以对照。这九首诗中，除了一二首翻译可以勉强过去以外，其余七八首，没有一首不是译的大错特错。头一首是再容易没有的了。只要稍为同法文会过面的人，没有不能了解的。原诗是：

Mes Premiers vers sont d'un enfant,

Les seconds d'un adolescent,

Les derniers à peine d'un homme,

这三句诗依我用英文译出来是：

My first verses are of a child,

The next of an adolescent,

The last hardly of a man,

王君译为：

我最初的诗都是未成熟的童身，

我其次的诗才达了少壮的年龄，

我最后的诗才很艰难地成了一个人。

第一，王君没有将de（=of=之或的）字译出来。然而这个小小的字却比什么都重要。例如此处应是"幼童的诗"，而王君译成"诗是幼童"，你看差到哪里去了。

第二，法文的 adolescent 是由十四岁至二十二岁时期中的未成年的少年。王君译为少壮的年龄，未免欠确当。

第三个错处更大。à peine 在英文是 hardly，scarcely 的意思，在中文是将近，差不多不到，还不到的意思。无论在什么字典上，只要与法文有关系的，都可以找得出来。可惜王君不肯多费一点力去到 peine 字底下再找 à peine 的意思，以致将它译成"很艰难地"，弄出这个错误来！

其实这首诗用很简单的白话，把它的意思直译出来，只不过是：

我最初的诗是幼童的歌唱，（注一）

其次的乃少年的抒怀，

最后的才勉强可以说是成人的作品。

……………………………

第二首诗是.

Amour，fléau du monde，exécrable folie，

Toi，qu'un lien si frêle à la volupt lie，

Quand par tant d'autres noeuds tu tiens à la douleur，

Si jamais par les yeux d'une fcmme sans cosur

Tu peux m'entrer au ventre et m'empoisonner l'âme，

Alnsi que d'une plaie on arrache une lame，

Plutôt que comme un lâche on me voie en souffrir，

Je t'en arracherai，quand j'en devrais mourir

《创造月刊》的手民先生把这诗印错了不知多少字。我起首读了一遍，就觉得读不下去。后来由谬塞的诗集中找到原文，才发现印错的地方。这诗用简单的英文译出来是：

Love，thou plaqne of the world，thou hateful folly，

By such a feeble tie thou alliest thyself to pleasure，

While by many other knots thou holdst to pain.

If ever by the eyes of a heartless woman，

Thou canst enter into my body and poison my soul，

Then rather than as a coward one sees me suffer，

I shall pull thee out，even when I should die of it，

As from a wound one pulls out a blade

（ventre本是英文stomach，不过太不雅）

王君的译词是：

爱情，你人类的枷锁，可咒的疯狂，

你是一面用绳儿牵着快乐，

一面又用许多结缔在绑着忧伤，

一个没心肠的妇人用你来玩赏，

你便到我腹中，把我灵魂毒破，

像是在用刀刺着似的使我受伤，

我遂接受着悲痛，像个废人一样，

唉！怕到我死时才有绝你的胆量！

这八行诗中只有头三行还勉强过得去，虽然不妥当。其余的五行简直是不知替代诗人说些什么。这诗的关键是第七行的plutôt que 二字。plutôt que 就是"与其"如此……不如如彼——"与其"这样……一定那样——的意思。王君不特对于这二字毫未了解，即其余的各句，没有一句猜着了诗人的原意。我此刻用分行的散文将这诗的原意译出来就是：

爱情呵，你这世界的祸灾，可恨的狂疯，

你只用这样柔脆的线儿与幸福相联，

而用那样多的结纽与痛苦相缔绑，

假如有一次你因利用没心肠的妇人的眼睛，

能侵入我的腹心，毒害我的灵魂，

那么，与其被人看着我如懦夫一样的伤悲，

我即因此而死，也定要如同一人从伤痕里

取出剑锋一样的把你拔出来！

这诗的气魄如何坚毅如何雄壮可是照译文看来像是一个要死不脱气的废人。

第三首诗是：

De notre pauvre amour que dans la nuit profonde,

Nous avions sur nos coeur si doucement bercé!

C'était plus qu'une vie, hélas! c'était un monde, Qui était éffacé!

我们可用英文译出来如下：

Of our poor love, that in the deep night,

We had in our heart so sweetly rocked!

That was more than a life, helas! that was a World,

Which was long gone!

这时，是诗人追念昔日的往事。全节四句，王君没有译对一句。王君的译文是：

深夜曾护我们的爱情，

我们底心儿曾轻轻地摇动，

那已超过了我们寻常的生命

我们像是另入在一个隐约的世界之中。

原文的意思是：

我们的可怜的爱情，深夜里，

我们曾在心儿上那样温柔地抚慰过的！

那还不仅是一个生命，唉！

消减去了的，简直是一个世界！

第五首诗的后半节是．

mon coeur, encore plein d'elle, errait sur son visage, et
ne la trouvait plus,

这句诗的构造极其简单，意义亦极明显，然而王君的译文竟
是风马牛不相及，诚不可解。我姑且先用英文译出来如下：

My heart still full of her, wandered on her face but could
no more find her

这就是说；

我的心，还是满怀念着她，

在她脸上彷徨，

然终找不着她的本人，

这是何其清楚，何其简单，但是王君却要译为：

现在我是再也难去把她追寻。

我只有把她放在心内，常念着她的鬓容。

…………

第七首诗是：

Mais non：il me semblait qu'une femme inconnue，

Avait pris，par hasard cette voix et ces yeux，

Et je laissai passer cette froide statue，

En regardant les cieux.

用英文译出来是：

But no：it seemed to me that an unknown woman，

Had taken by chance this voice and these eyes

And I let this cold figure pass，By looking at the sky

王君的译文是：

但是我却装作了一个路人，

也不理她的眼睛，她的声音，

虽然她也曾和我偶然地相逢，

但让她冷冰冰走过，我只仰望天空。

王君似乎把 Il me semble 这样一个日常通用的法文意思都弄错了。我且把原文的意义译出来吧！

但是，不那样：那好像是：一个不相识的妇人，

偶然得了她的声音与眼睛，

而我让了这冷酷之人走过，

仰头望着天空。

第九节诗是：

Les plus désespérés sont les chants les plus beaux,

Et j'en sais d'immortels qui sont de purs sanglots.

用英文译出来是：

The most desperate are the most beautiful songs,

And I know some of the immortal works which are pure

sobs；

王君译为：

> 有最大的失望，歌唱才能分外美丽，
> 我相信不朽的只是那些纯洁的叹息。

他这译法虽大体可以过去然而他的句法不清楚没有将原意传达出来。J'en sais 决不是"相信"的意思，并且他对于 en 字似乎没有明悉。这两句诗在法文读起来十分强劲动人。他的译文并未表现一点力量。依我译之应该是：

> 最绝望的常是最幽美的诗歌。
> 并且我知道许多不朽的作品简直仅仅是悲泣。

总而言之，九首诗中，王君整整的译错七首。这个幼稚的法文翻译界，大约还需要英文翻译界曾经受过的一顿教训吧。

民国十五年十一月十九号草于巴黎离次

（注一）我此地译的，并不合诗格，亦无诗韵，只将原文的意思直译出来就是。以下各诗都照此例。

庄士皇帝与赵阎王

Emperor Jones，With a Preface，

Modenn Library，New York.

洪深剧本创作集　上海东南书店

西洋人，有一个试人急智的谜，说是有一个大黑人，一个小黑人；小黑人是大黑人的儿子，大黑人却不是小黑人的父亲；大黑人到底是小黑人的什么？思想不迅速的人，不一定能信口答得出这大小黑人的关系。我近来读洪深先生《剧本创作集》里面的《赵阎王》，也碰上这样的一个谜。没得机智如我，如何能猜得中？不得已，只好请大家来帮我猜猜。谜是这样的：一个美国黑人，一个中国小兵；小兵是黑人的儿子，黑人却不是小兵的父亲；他们到底是怎样一个关系？这谜偶然听来，似乎不通。然而事实却是如此：《赵阎王》的确是《庄士皇帝》的儿子。不然，他们断不至于如此相象。人类思想断不会像洪深先生与阿泥氏的这般偶合！

《庄士皇帝》（Emperor Jones）谁都知道是当代美国戏剧名家阿泥（Eugene O'Neille）氏的杰作。它的剧情略述之如下：

第一幕　黑奴后裔但是受了新文化洗礼的庄士，已在美国

西方的野蛮黑人内，做了皇帝。这是一个无恶不作，无利不取，专以狡猾手段欺人的魔王。然而他有他的伟大，使人不能不佩服的地方。他的臣民都恨他，不息地暗中谋叛。有白人斯密瑟士，专与庄士狼狈为奸，以榨取黑人的膏脂。由二人针锋逼对的对话中，我们约略窥见庄士的已往：他如何因赌受骗，怒杀黑人节呼；如何因不堪苦辱，愤戕牢卒；如何投西遁逃，得为皇帝。他明知黑民不可久欺，故尽量勒索金钱，匿存异国；明知阴谋不易防阻，故扬言已有护符，只有银弹才能致他的命；又明知一旦逃命，非经过附近巨林不可，故预先埋藏罐头食物，以备不时之需。黑民林木果欲以术制术，擂起鞭鼓，跳起野舞，赶造银弹，务必置他于死地。庄士见侍从已经逃尽，鞭鼓声作，知事不妙，不顾日已西斜，夜之将至，落荒而逃了。

第二幕　傍晚，林旁，庄士在地上寻觅预理的食物；可是天暗不易找着，戈一火柴，又怕被人发见，于是暗中摸索。一群无形像的、阴森森的、象征恐惧的小鬼，约约隐隐在地的左右，徜徉冷笑，与外面远处的鞭鼓声相应。庄士窘急中一枪放去，打得迹影无存，才敢向林中逃去。

第三幕　夜九时，林中敞地上，节呼寂然自掷骰子，举动机械，容颜惨淡。庄士乱步奔入，一眼见节呼，不胜之喜，热情地与他打招呼。然而节呼不答一词，继续机械地掷骰子。庄士知是鬼，骇极，一枪打去，万景皆空。可是外面鼓声更大，庄士吓得往乱丛中逃命。

第四幕　夜十一时，林中一条大路，路旁大树直立，月光澄湛，一切呈幽冥景色。庄士慌张而入，衣着已经破碎不堪，疲极

161

而坐。大路上忽暗然走出一群黑奴,被牢卒监着苦工。牢卒一眼见庄士,也逼促他加入工作。他勉强从事。牢卒复见他倾泥土于道旁,以鞭打他的脸。庄士愤怒,举起铲子击牢卒而发现手中并没有铲子。气极开枪,一切皆散。惟有鼓声更加宏亮,把他吓得往内狂奔。

第五幕　夜一时,林中大圆空地上有朽木根,圆而宽大,像个拍卖台。庄士踉跄入,面目憔悴,神情恐慌,废然坐于朽木根上,喃喃作祷告耶稣语,圆地忽然悄悄地幻成一块黑奴拍卖场。男女老少,贫贱富贵,闹得纷纷不已,忽然叫卖人命令庄士立于台上,作种种拍卖手续。顾主正在估价时,庄士怒极,向叫卖人及顾主两枪放去,将一切打得烟消云散。黑暗中庄士又闻鼓声隆隆,慌得逃命不迭。

第六幕　夜三时,林中敞地被四面树枝交叉得织成紧密的矮顶。月亮只能由枝叶内漏些光亮,故全景幽暗。庄士黯然地、失神地,坐于中央。忽然景象较明。两排黑奴,手链脚梏,出现于庄士的后面。他们如同被囚在海船内,被逼着摇船的模样。摇荡的节奏中,杂着呜咽的哀音。庄士睁眼一看,不胜凄恻,全身发抖。既而,如受催眠,他也加入同样的运动,其声更是凄怆。顷间,微光消去,一切如旧。鼓声更浓,更表现胜利。庄士颓然拖着脚,向里面走去。

第七幕　夜五时,河畔大树下有神座。月色幽秘,远景朦胧,浮泛着淡蓝烟雾。庄士与囚奴的悲音应和着兴奋的鼓声。不久声息。庄士蹒跚而入,神情呆滞,如梦中行事。一见神座,不禁肃然拜跪;俄而又仿佛发现自己的错误,懊悔不已,呢喃祷祈上帝的保佑。树后忽然涌出康哥（Congo）的巫师。巫师将地面及神座，略微整理一下，即舞蹈起来。一路舞，一路念咒。舞的节奏，咒的音板，与鼓声互争激昂与急促。庄士起先旁观，既而渐渐接受舞蹈、念咒及鼓声的意义，口里也念咒，腰部也舞动起来，终于完全被魔力征服了，巫师知道魔神要求牺牲品，并命庄士自献。转眼河中涌出一条鳄鱼，张牙舞爪一双绿眼盯住庄士。庄士初如梦般，向之蠕行而前。巫师声调激厉，舞蹈狂惑，鼓声更是如山崩如海泻。庄士忽而翻然悲绝，祈祷上帝救命。他忆及身旁尚余银弹一枚，描准鳄鱼的绿眼，砰然一声，把一切都打散了。庄士覆地倒卧。

第八幕　明晨，如第二幕的林旁，黑人林木及其党羽和斯密瑟士等都来找着了庄士而以自造的银弹杀害了他。剧终。

《庄士皇帝》的剧情如此。《赵阎王》的情节却用不着详述。第一幕是描写赵阎王在营长处当差，如何被老李告知营长藏饷银不发，如何终于被引诱得杀营长卷款而逃入附近大林的情形。第二幕赵大（绰号阎王）走到大树林旁边。夜深不辨途径，略事休息时，见营长的鬼出现。他惧极放枪，将鬼打散。可是铁笛铜鼓的追兵来近了，不得已，硬着头皮，走入树林去。第三幕，赵大在林子内，看见从前他在长辛店因图财活埋了的兵士的鬼，和他算冤帐，他惊极放枪。群鬼打散了，可是追兵的铜鼓又逼住他奔前程。第四幕赵大在林子内，得意洋洋数他卷逃的三千元钞票，预算将来作些善事，以赎罪愆之时，忽有曾经以赌博骗过他的钱，而已经被他害死了的王狗子，又寂然出现于眼前，在地上掷骰子，邀他入局。他盛怒之下，一枪击去，打得全景皆空。第五幕，是重演他曾见过或曾干过的放火打劫，强奸民女，枉杀平民的行为。这些冤鬼都来找他，他连放两枪，一切淹没。第六幕仿佛是演述一个判官以威刑逼供他的玩法行为。第七幕赵大在林中，精疲力尽，步履艰难，虽闻鼓声逼近，却不能动弹，只好卧倒于地，凄怆的追述他的生活史；述到他在家乡被洋人欺负一段，洋鬼子果然出现，作种种欺侮的举动。第八幕，赵大因欲报洋鬼子的仇，加入义和团，设神座，念符咒，手舞足蹈，大施法术。可是舞蹈、咒语与追兵的钢鼓相应和。第九幕，是追兵赶上了赵大，枪毙了他，追搜了他的卷款而退。剧终。

　　这两部剧本的结构及内容是如此的相似。然而若是将里面的细微末节，对话的声态，动作的姿势，一一对照起来，那相似的地方，更是数不胜数。姑无论别的，只要指出赵大划火柴寻路，又恐追兵望见；对破鞋说话，以示爱惜之情；及后来设坛致祭舞蹈等节，即足见其相似的程度了。就是赵阎王这混名，也是套庄士皇帝而取的，阎王与皇帝不是同类而握有生杀的权柄吗？《赵阎王》既如此逼似《庄士皇帝》，谁敢辩驳他们没有血脉关系？《庄士皇帝》是千九百二十年降生的，《赵阎王》迟八年出世，故我说《赵阎王》是《庄士皇帝》的儿子。这亦无非取长者居上之义。赵阎王是一个中国小兵，庄士皇帝是一个美国黑人。中国小兵为美国黑人的儿子的谜语，固是有由来的。可是庄士皇帝不是赵阎王的父亲，因为《赵阎王》的创造者是洪深先生。在他的《剧本创作集》里面，从头一页至末尾一页，从头一字至末尾一字，我们不见只字半句提及阿泥氏或《庄士皇帝》。洪先生自己不承认《赵阎王》是模仿《庄士皇帝》或受它的启发而著作的，故我们不敢说庄士皇帝是赵阎王的父亲。因而小兵是黑人的儿子，而黑人却不是小兵的父亲，就成为一个千古佳谜了。

这谜既然如此难猜，我们姑且不去理它，权来估量一下，到底这《赵阎王》是不是一个克绍箕裘的儿子。《庄士皇帝》是当代戏剧里面一个不多见的特品。阿泥氏在这里恢复了西欧二千余年前，希腊民族对于大自然的那种深邃神秘的同情与崇拜。春花怒放，春草重生，青青绿绿，鲜艳光华，何等活跃！何等美丽！一旦秋风西起，冬雪飘零，万木皆枯，万草皆萎，何等萧瑟！何等凄凉！此情此景，在现代人的眼目中，无非是四季的更换，年年所熟见的现象，毫无足奇。然而在幻想活泼，诗情丰富的希腊人眼中，这是一幕凄怆的悲剧，有情人不能不为之挥泪凭吊的。底阿尼所斯（Dionysos）的悲哀，底米特（Demeter）的哭女，西博（Oybel）的吊阿蒂斯（Atys）都是由这一掬同情泪所结晶的动人的悲剧。阿泥氏虽不实地向这些神跪拜，然而对于这些神所曾经代表的大自然的威力，是有相当的崇敬。《庄士皇帝》是一出悲剧。庄士的悲哀是命定的。然而这命定（fate）不是一班愚民愚妇所认定的命运，万事归之于天，个人不负责任的。阿泥氏之所谓命定是和古希腊梭佛克（Sophocle）、英国沙士比亚所认定的命运一个意义。命运不是一种外界的无定的势力，而是个人人格的一种不可免的结果，并且是生命中一种不能避免的条件。庄士的悲哀是他祖宗遗传给他的，是黑族千百年中所忍受的所包藏的恐惧心在他的性灵深处作祟；阿泥氏在非洲的康哥地方，曾亲眼看见土民中的巫师作宗教式的舞蹈。那舞蹈的节奏及符咒的声浪，在土民中威力之大，使他惊疑异常，在他性灵上留下很深的痕迹。所以我们在《庄士皇帝》里面所听见不断的鼓声，就是这种含着宗教意义的舞蹈与符咒的节奏。这种节奏曾在古希腊民族中握过无上的威权，在非洲的黑族中至今仍握着无上的威权，现在竟能在二十世纪的美国舞台也握有如此之威权，实是阿泥氏的特到处。我们所听见的"扑通，扑通！"不是普通的鼓声，而是象征庄士整个的性灵状态。鼓声初起时，只是每分钟七十二搏，与普通人的脉搏相等。庄士的恐惧心，一幕比一幕增加烈度，他的脉搏自然也随着增加速率，因此鼓声也一幕比一幕强烈。庄士虽然曾经受过新文化的洗礼，外面看去，很是像煞有介事，无奈他的生命深处流不尽那祖宗遗传下来的血液。当他的灵魂在深林里受着恐惧的威胁，一层一层剥下新文化的盔甲，鼓的声浪里，漫溢着鬼神的威力，直至最后，他整个的非洲灵魂赤裸裸地在淡蓝的烟波中披露出来。这淡蓝的烟雾，就是由他黑族的悲运中渗滤出来的，也就是庄士临危时最后一层灵魂的流露。《庄士皇帝》的头幕是准备以次三幕情节的张本。但是到了第四幕以后，全部剧情的线索与逻辑都抛开了，直成为一个诗意的象征。庄士从此以后不是代表他自己，而是他整个黑族的象征了。拍卖台，黑奴船，河畔的神座，这些东西在庄士的心里已无真实的观念，然而在他的种族中却仍是很实在，很有意义的。所以阿泥氏之写《庄士皇帝》，即是他对于那常在悲哀中的黑族的最大同情心的流露，也就是他对于那大自然的威力的承认。他的鼓声是有心理背景、是有哲学意义的。除开阿泥氏的艺术的精到以及他喜欢在艺术上试用新形式的美德不言外，我们在这里已经看得出这《庄士皇帝》一剧的伟大与新慧处了。

　　《赵阎王》虽有些可佩服的地方，却远不如《庄士皇帝》的充满意义。别的姑且不谈，洪深先生的铁笛铜鼓放在这剧里，似乎没大意味。以常识判断起来，几个兵士或一个队伍，追赶一个卷款而逃的兵卒，断不致吹铁笛擂铜鼓，让他好好地闻声而远窜。铁笛铜鼓在赵大的心理上是不是有如鞞鼓之在庄士心理上那般巨大的威胁力，煞是一个问题。至于心理背景，哲学意义，那是显然没有的了。然而只要中国的军队里有以铁笛铜鼓追赶逃兵的特别习惯，那么其余的都不成问题了。《赵阎王》许是因为显然由《庄士皇帝》蝉蜕出来的作品，所以在形式及结构方面，没有多大的毛病，即或有之，也是两剧共有的。然而在写作方面有几点小毛病是《赵阎王》所独有的。赵大的性格有的地方很不一致。在头幕他与老李的对话及对付老李抢银一段，未免过于忠实过于诚恳，与他后来在树林中所表现的已往的自我不大相符合。赵阎王这混名的得来，作者似乎有对观众或读者说明的必要。作者对于观众常有不肯体贴的地方：譬如在第五幕赵大忽然说梦话自己变为老女人，仿佛很可以不必，用哑剧将当时的情景演出来，恐不致减少力量而于观众反而更易明了；在第六幕审官事一段，赵大所代表的究竟是何人，我至今尚揣测不出来，恐怕一班的观众或读者都不易猜得中。

　　然而洪先生毕竟是个名不虚传的戏剧家。长辛店活埋降兵一段，写得十分有力量，令读者不能不发指，不能不心酸。赵大偷银一段，也写得极其从容，极其有步骤。可是洪先生的最大成功是赵大这个人物的创造。我虽认赵大是庄士的儿子，然而赵大是赵大，庄士是庄士，各有各的生命，各有各的个性，各有各的意志，未可混而为一的。最能表现洪先生的身份的，是他那副同情心。近些年来中国人所最厌恶的是兵。因为他们横行的时候多，善良的时候少，所以他们成为一种"老鼠过街，众人叫打"的恶群。然而洪先生竟能超出群众心理，创造一个虽是不无许多败德，然也有许多可恕的地方的赵大，使我们了解这班八爷们也是我们人里面一分子的事实。诗人的使命是领我们了解我们平素所不了解的一切。洪先生可谓尽了他相当的职责了。虽然他给了我们一个猜不中的灯谜。

为庄士皇帝与赵阎王答彦祥先生

十二月七日《天津益世报》"戏剧与电影"栏有彦祥先生的一篇《赵阎王与庄士皇帝》，批评我在《独立评论》所发表的《庄士皇帝与赵阎王》一文。他这种以研究学问为目的而不攻击私人的态度是极可钦佩的。我们在学问上能以这种诚恳态度相见，总算是批评界的一点进步。我不能不为这点进步表示快慰。但是我对于彦祥先生的意见有的地方不能不加以说明，有的地方不能不表示异议。

现在须说明的是：我为那篇文字，将《庄士皇帝》与《赵阎王》比较一下，并没有自以为得了"一个惊人的发现"，并且我对于洪深先生的才艺并不是不承认。彦祥先生之所以得到那个印象，其中自有道理。原来我那篇文章不是做书评写的，内容也有更改。其中一切经过最好让适之先生写给我的信代我说明："……你的大文接到已久，我们因为登文艺的作品太少，故想把此文作为书评。其时《独立》归翁、丁两位编辑。他们因你评比二书，共有六千字，稍嫌太长，故送与莎菲，请她代为删节一部分；她那时有小恙，要我做删节的事。这是老子说的'代大匠斫'的事。但我知道翁、丁两先生是因为莎菲和我都很同你相熟，所以把此事交给我们。我细读此文，觉得可以删去一部分，所以我大胆替你删节了三分之一，虽然勉力求保存你原作的精义，但终恐不免有'削足适履'的大乱子……我这一次的大胆妄删，万望你原谅。我们的篇幅实在太小，星期四校稿时，又因篇幅关系，印刷所来求我再腾出四行地位，我不得已，还临时删去几句。我把你的原文留下了，以便你将来印单行本时之用……"

一篇六千字的文章忽被削成四千字，无怪乎彦祥先生所得的印象与我原意相反了。现在本刊的篇幅自然不能容我将那削去的二千多字都写在这里。可是为要表示我对于洪深先生的才艺的意见，并以安慰彦祥先生的心，我只好将以下一段结论写下来："……洪深先生毕竟是个名不虚传的戏剧家。长辛店活埋降兵一段，写得十分有力量，令读者不能不发指，不能不心酸。赵大偷银一段，也写得极其从容，极其有步骤。可是洪深先生的最大成功是赵大这个人物的创造。我虽认赵大是庄士的儿子，然而赵大是赵大，庄士是庄士，各有各的生命，各有各的意志，各有各的人格，未可混而为一的。最能表现洪先生的身份的是他那副同情心。近些年来中国人所最厌恶的是兵。因为他们横行的时候多，善良的时候少，所以他们成为一种'老鼠过街，众人叫打'的恶群。可是洪先生竟能超出群众心理，创造出一个虽是不无许多败德，却也有许多可恕的地方的赵大，使我们了解这班八爷们也是我们人里面一分子的事实。诗人的使命是领我们了解我们平素所不了解的一切。洪先生可谓尽了他相当的职责了。"

我与彦祥先生不能同意的有四点。第一、彦祥先生说"《赵阎王》和《庄士皇帝》并非绝无类似之处。这一点不待袁先生说，连洪深先生自己也承认的……"洪先生在别处或是后来承认他的《赵阎王》是学阿尼尔的《庄士皇帝》而编成的，这仍不能证明他无过，因为他把《赵阎王》放在他的《戏剧创作集》里面，全书数百页，从头至尾，始终没有只字提及这种事实。在那书的一篇很长的序言内，他总应当有机会把这事实说出来，然而他只是缄默。洪先生是西学素有修养的人，近代知识界的礼貌与规矩，他不能说不知道：他对于阿尼尔这种整个模仿的债务，他在读者前有表示感谢的必要。这是作者对于社会的义务。

第二、彦祥先生一定要认《赵阎王》是洪深先生的创作，那也没有什么不可，因为世间的事，仁者见仁，智者见智。可是在我看起来，写剧本最难有两件事：（请注意"最"字，因为别的"难"事还多着咧！）一是剧情的创造与组织，二是人物的创造与描写。在《赵阎王》这剧本内，谁都看得出头一部分工作是阿尼尔代洪先生做的，洪先生所尽的力只是第二部分。他这种办法在英文为 adapt，在中文只可称为编译；如必要称为创作，那无非是冒人家一部分之功为己之功而已。但是这编译的办法并不是可菲薄的一件事。世间许多伟大作品都是这样来的。只要你肯承认，编译原也是一件很冠冕堂皇的事。在现在我们这文化落后的中国，我们更应当提倡这种办法，多将外洋的杰作输入，以便由模仿慢慢走入创作的路。洪先生的《少奶奶的扇子》，不也是改编的吗？因为他肯承认，故无人敢加非议。

第三、彦祥先生为欲证明《赵阎王》不是抄袭《庄士皇帝》，举出许多古例来说明洪先生的办法是对的，是如沙士比亚的许多旧题新做的作品一般的不失为创作的价值。他这话本来不错，只要你编译得好，编译品的价值甚至于比原著的价值远来得高尚，亦未可知。沙士比亚的作品就是些实例。可是现在研究沙士比亚的人，没有不研究与考虑他的作品的来源的，因为我们要知道多少是他自己的，多少是他抄袭人家的。经过前人不少的苦工，我们才知道沙士比亚的确是一个盖世的大天才。凡属陈腐的、枯槁的、死的材料，到了他手里，就即刻变为新慧的、活泼的、生气勃勃的人物或剧情了。洪先生不一定不是中国当今的沙士比亚，可是不幸他没有生在伊利查伯的时候，因此他将剧本印行时不肯将被模仿的原著说出来，就有人起来为社会的利益及欣赏起见，把《赵阎王》及《庄士皇帝》加了一番比较，叙述了它们的血统关系。若是这人不做这篇文章，若是洪先生果然变为沙士比亚，难说还要害我们的子孙捏几把冷汗来考证这赵大的家谱咧！

第四、彦祥先生在举出沙士比亚抄袭前人的例子时，许多好例子不举，单单要举出《罗米欧与朱丽叶》和沙福克尔的《安弟冈》，剧情相似的例子，真是令人不解！难道彦祥先生对于这两篇杰作并没有研究过，就随便把那句话写在纸上？难道他是人云彼亦云耳吗？我以为彦祥先生断不至于如此。若硬要说沙士比亚之写《罗米欧与朱丽叶》受了沙福克尔的《安弟冈》的影响，至多只可说微微受了一点"因斯披利纯"。就是这一点我都有些怀疑，因为沙士比亚和莫利哀一样，受腊丁作家如 Plantus，Terence，Seneca，的影响比受任何希腊作家的为多。至于说《罗米欧与朱丽叶》和《安弟冈》的剧情相似，那就未免冤哉枉也。在研究《罗米欧与朱丽叶》的来源里面，我们只知道：一四七六年有名为 Massuccio of Salerno 的在拿玻里所印行的小说集内有同样的故事；一五三〇年有 Luigi da Porto 氏将这故事重写了一遍；一五五四年 Randello 氏在 Lucca 地方所印行的小说集内也有这故事；一五五九年 Boisteau 把这故事译成法文名为 Histoire de Deux Amants；一五六二年 Arthur Brooke 把这故事从法文编译成诗体英文，一五六七年 William Paynter 所出的小说集也有这故事。沙士比亚所根据的是最后这两种英文本，照我所知道的，从来不见说沙士比亚的《罗米欧与朱丽叶》是根据或模仿沙福克尔的《安弟冈》而写的。然而彦祥先生或者有特别见解或证据来证明这是事实也未可知。

现在为减省一般读者去自己对读这两个剧本的麻烦起见，我很简略的将它们的情节写下来，以便读者好判断我和彦祥先生究竟谁是谁非。罗米欧和朱丽叶是两个有世仇的贵族家庭的儿女。一个不吉的日子，他们见了面，即刻如疯如狂地发生了恋爱，私地下结了婚。可是朱丽叶的父母要她嫁给国王的侄子巴梨斯。于是一个神父给她一点吃了之后即死而不久即可复苏的药。朱丽叶果然死了，父母将尸首放在家基的地洞内。神父私地下着人去找回被放逐于外的罗米欧。他没有得到信就偷回来了。见巴梨斯在基前凭吊，以为爱人为爱情而牺牲的死了，遂愤然杀了巴梨斯而又自杀于爱人之前。朱丽叶醒转来，见罗米欧死在面前，也就取剑自杀了。安弟冈的兄弟为争亡父的王位同死于战场。不过一个是为保护国家抵御外敌而死，一个是为引外兵来征服自己的祖国而死。接位的新王葬前者以国礼，对于后者则谕令不准收尸，要让野兽恶禽去噬食，以示警戒。安弟冈不顾国法，不顾生死，只以骨肉之情为重，宗教之义为尊（因为希腊人相信尸不得安葬，灵魂即不得归天），决然毅然去收了尸，安葬了他。新王把她闭于一地洞内。新王的儿子却是她的未婚夫。后来未婚夫为谏父无效，与她同时自尽于地洞内。

这两个剧本的情节已如此不相似，至于剧情的组织，那更是南辕北辙了。彦祥先生说，《罗米欧与朱丽叶》的剧情早已见之于二千年前的《安弟冈》，大约是因为两对情人都是死于地窟里面的一点相似吧？如果《赵阎王》与《庄士皇帝》也只是如此的一小点相似，那谁敢说洪先生是模仿阿尼尔呢？

歇洛克

亚里士多德说：我们的大千宇宙是一出完美的戏剧。这句话实在说得真切。试观万千的星球，日日夜夜，在这无边无际的空间，循环不息的运行。试观我们的日月、星辰、大地、汪洋、四季、潮汐．树木、花草、飞禽、走兽、人类。这一切的组织如何细密严谨。这一切的运行如何平匀流利。这一切的个性，有的如何彰明较著，有的如何隐约朦胧。所以我们若能把自己的性灵修炼到偌大的地步，能够闭上眼睛静赏这出美剧的进行，应是如何畅快的事。

可是更真切、更有意义是这句话的反面：一出完美的戏剧就是一个宇宙。普罗米修斯（Prometheus），俄狄浦斯（Oedipus），菲勒尔（Phelre）这是倔强的人敢与铁面无私地与运命相战斗的宇宙。亚里斯多芬（Aristophone），莫里哀（Moliere）的喜剧，这是明锐的理性与变态的情感及智慧相抗争的宇宙。科内尔（Corneille），拉辛（Racine）的古典派悲剧，这是责任心与情欲，情欲与情欲相混战的宇宙。歌德（Goethe）的《浮士德》（Faust），这是人的求知欲与那永远的宇宙秘密相挣扎的宇宙。易卜生（Ibsen）的戏剧，这是人的意志与那鞭策、残损、毒害人类性灵的内心命定（fatality）相争斗的宇宙。莎翁和莎翁的戏剧，这是逼真生动，包罗万象，仿佛比宇宙本身还更伟大、还更真切的大宇宙。

在这逼真生动的大宇宙里面的歇洛克（Shylock），是异样令人注目的一个人物。《威尼斯商人》一剧的主人翁是他和波西亚（Portia）。其余都不过是陪衬人物而已。对于这两个人物，乌里希（Ulrici）在他的《沙氏比亚的戏剧艺术》里面给我们一种极明了确切的比较：——《波西亚和她的对敌歇洛克》成为一个极明显的对照。她有门第的光荣和祖传的家业，而他只有卑贱，被侮的家世和艰难困苦中所集成的金银。她有诗意的机巧和一个自由的精炼的头脑的智慧而他只有恶念的机巧和一种为压迫虐待所养成的巧诈的尖利。她有信心与希望而他只有疑心和恐惧。她有情爱、虔诚、温柔和庶道的精神，而他只有切恨、残忍、残酷和报复的渴望。全剧的动作都是环绕着这东西两极端而进行，其余的人物都是围着他们而行动的。

歇洛克的性格，虽然没有如李尔王（Lear），奥瑟罗（Othello），哈姆雷特（Hamlet），布鲁图斯（Brutus），等的这般复杂深奥，然而他是莎翁的艺术与心灵发展程序中第二时期的创造物。因而已经是很深刻很逼真的了。在这时期中，莎翁对于人生的具体事实已经有彻底的了解，对于自己的力量与本领已经有坚定的把握。他的整个的生命已与人世间的真实生活发生紧密的关联。他的艺术已达到随手应心的神通。他可以如上帝般，心里发起一个要光明的念头，黑暗的混沌中即发现光明。他内心的光明可以将外面的混沌创造出一个具体的世界。诺瓦利斯（Novalis）极美妙的说道："莎翁的戏剧可说是自然的产物，如自然本身一般深邃。"卡莱尔（Carlyle）在他的《作为诗人的英雄》（The Hero As A Poet）里面也同样地说道："莎士比亚的艺术不是技巧；他的最尊贵的美点不是由预先的策略或计划而来的，是由他的高贵诚恳的心灵，从自然的深处生长出来的，他的心灵是自然的声波……他这种人的工作，无论是用何等意识中的挣扎与预计造就出来的；总是不自觉的由他的不测的深处生长出来的——如同由地心生长出来的榆树，如同山岭水泽之自成形状，都有一种根据自然规律的调和及准合，与一切任何真理都相合的……"

莎翁的艺术与心灵已经发展到这般与自然融为一体的程度，他这时期所创造的人物当然是活跳生动整个的人了。歇洛克就是这么个人。可是数百年来一班批评家对于他的性格的认识颇多聚讼。有的人认为他是一个完全喜剧人物（comic character），有的人认为他是一个完全悲剧人物（tragic character），有的人认为他是一个悲喜交合的人物（tragic comic character）。

可是我们现在要认定他到底是怎么一个人物，我们得先将悲剧人物及喜剧人物下一个界说。自古以来，批评家对于悲剧与喜剧所下的定义不知凡几。但是我觉得爱德华·道登（Edward Dowden）在他的《莎士比亚思想与艺术》（Shakspere: A study of His Mind and Art）里面所定界说，比较确切。他对于悲剧的定义说——"凡是思想，或是情欲，或是意志的具体表现，超过普通标准以上的，是悲剧人物，或者包含着悲剧的可能成分。"比如，哈姆雷特是一个悲剧人物，因为在他，思想发达得到那种程度，简直与我们这有限制的现实生活不能相合，差得太远。罗密欧（Romeo）是一个悲剧人物，因为在他，爱情（情欲）燃烧到那种地步，以致在这势力之下，他的外面的、物质的、有限制的生命完全破裂。理查三世（Richard III）是一个悲剧人物，因为在他，意志，任如何不息地战胜一切，却总是不满意，总得向这世界无穷尽地发扬。对于喜剧人物，他下定义说；——"凡是思想，或是情欲，或是意志，与普通标准低落得很远的是喜剧人物，或者包含着喜剧的可能成分。"比如，《温莎的风流娘儿们》（Merry Wives of Windsor）里面的斯兰德（Slender）是一个喜剧人物，因为他对于安培琪（Anne Page）的爱情是如此的低微，对于行事是如此没有意志，以至于要从他的叔父借贷自己情欲的一切暗示。

总而言之，悲剧的也好，喜剧的也好，总都有一样不相称的什么存在着。悲剧的不相称起于他的心灵与世界之中的一种不平衡。现实生活的范围太侧狭，不能满足心灵的要求，人的要求无限，而能践实的可能性有限。喜剧的不相称适与此相反，是起于某种人的心灵与我们这极平常世界之中的一种不平衡。有些人的智慧是这般的不济事，以致动作时常得着自相矛盾的结果。

现在我们拿这个悲剧人物的标准来研究歇洛克是比较有把握的了。在我看起来，他的性格是悲剧的，不过他在剧中的地位有喜剧的成分。原来英国戏剧的传习是欢喜悲哀交叉并置的。不过要有莎翁的天才与魄力总能将二者熔为一炉，使悲剧里面有喜剧的笑声，喜剧里面有悲剧的严肃，经纬相织，焕然夺目。

他的喜剧的成分是在波西亚审案时的那一幕里。他原来想欺侮报复别人而终于被波西亚使用手段，一步步引入了受欺侮、受报复的幻灭的地步。这种结果虽然不免令人难过，然而一路插入葛劳提阿诺（Gratiano）那些以他之矛攻他之盾的重语，如"呵，公正的判官！呵，有学问的判官！"之类，却不能不令人发几声笑。这种笑是案情翻过来以后，他的地位的可笑，也可是说剧情（dramatical situation）的好笑，并不是他的性格或他的态度有何引人发笑的地方。其实，他那最后的"求你准我离开此地，我不好了……"的声态，倒能令人流泪咧。

《威尼斯商人》原是一出喜剧，然而歇洛克却是这喜剧里面的一个悲惨人物。他的悲惨的要点有三：——

> 1. 爱金钱的情欲太剧烈。
>
> 2. 报仇的意志太坚强。
>
> 3. 生性太残忍。

S·布鲁克（Stopford Brooke）在他的《莎士比亚的十剧》里面很真切地说道："歇洛克并不只是歇洛克而已；他是莎士比亚有意要表现犹太民族的丑恶方面的化身。在莎士比亚的心里，丑恶的方面是根源于对爱金钱的剧烈情欲。"我们现在要明白他这情欲是如何的剧烈最好是听他自己的言语：——

> "我恨他，因为他是一个耶教徒，可是更令我发恨的是，他很谦卑愚执地，把钱借出去，不收利息；因此将我们这威尼斯的息率退落下去。"（第一幕第三场）
>
> "发财是福气，假若不是偷窃的。"（第一幕第三场）
>
> 安东尼奥——……"难道你的金子银子是公羊母羊不成？……"

歇洛克——"……我却把它生产得同样快……"（第一幕第三场）

"他们并不是好意请我；他们是阿谀我：可是我还是以恨心去，去噉食这浪费耶教徒的……"（第二幕第五场）

"……所以我让他去，去到那人那儿，我正愿意他帮着去糜费那人借来的金钱……"（第三幕第五场）

"唉，唉：一个钻石失了，我在法兰克佛两千'都克'买的！不到今日，我们的民族是没有受过咒诅的；我今日才感受到这个咒诅；哪儿两千'都克'；还有别的宝贵的宝贵的首饰。我情愿女儿死在脚边，首饰在她耳上！我情愿她成殓在我的脚下，'都克'在她棺材里……"（第三幕第一场）

图加尔——"你那女儿在日诺亚一晚花了八十个'都克'。"歇洛克——"你真是在拿刀刺我：我再看不见我的金子了：一晚八十个'都克'，八十个都克！"（第三幕第一场）

歇洛克爱金钱的情欲，虽是如此剧烈，如此积极，然而与他那报仇的意志比较起来，则已是暗淡失色的了。他的整个的生命，只为一个观念所盘踞。在这个观念之前，其余一切感情与情欲都成为次要的附庸的了。这个观念就是憎恨耶教徒，数百年中耶教徒对于他的民族的种种残忍、酷恶、侮辱、轻蔑，在他性灵里结晶为这种无上的憎恨。在他看起来，凡属沾一点耶教气味的，都含有顽固、狂妄、毒厉的种种宗教性的虐待。乌里希说：

"歇洛克只抓紧了法律，至于那些快活人们生下地就得着的容忍、温柔、慈祥等可爱的名目，他永远没有感受过……围绕着他的摇篮的是横暴、残酷、侮蔑。"因此，他把忍受过的一切虐待都储蓄在生命的深处，遇着机会是要迸裂出来报仇的。哈兹里特（Hazlitt）说："他好像是自己民族全体报复情绪的仓库……"所以他这次得了在安东尼奥（Antonio）身上泄恨的机会，任巴萨尼奥（Bassanio）如何情愿以三倍四倍的'都克'偿还他，任波西亚如何颂赞宽仁，如何要他收回原案，他却总是兴奋激昂地磨着尖刀，欲待割下安东尼奥胸前那一磅肉。他实在是阴森可怕的一个人物，然而却只是耶教的专横与强暴所磨炼出来的人物。由他以下这些言语，我们可以看得出他那蓄意报仇与那报仇意志的坚定程度——

"船只不过是木板，水手也只不过是人：陆地有老鼠，水上也有老鼠。水上贼，陆地贼，我的意思是海盗，并且还有风雨暗礁的危险。可是这人已是很够的了。三千'都克'，我想我可以与他立这个借约。"（第一幕第三场）歇洛克知道安东尼奥的财产都在海上，海上的生意是经常是不可靠的。海盗与暗礁常能倾覆一切。假如三千"都克"能够买得一个报仇的机会，岂不是好！

"喔！你看，你吵的多厉害！我情愿和你做朋友，并得取你的友爱。我可以忘记你对于我的侮辱，借给你目前的需要，不要一个钱的利息。你可不听我！我这是善意哩。"（第一幕第三场）这都是伪作的亲善，内面藏着白晃晃的剑锋。

"假如他不守约，他的处罚的执行与我有什么好处？

从人身上取下来的一磅肉，并没有什么价值，也没有什么利益，比一磅羊肉或是牛肉或是山羊肉还不如哩！我说，我是买他的好感，我所贡献的是友谊：若是他接受，好，若不接受，得；至于我的友爱，我求你不要误解。"（第一幕第三场）这也是蓄意买机会的假情义。

有人问他割了安东尼奥的肉有什么用处，他答道："拿着去钓鱼；假如不能喂别的东西，（至少）可以喂我的仇恨。"（第三幕第一场）

有人告诉他安东尼奥一准要破产，他答道："我很高兴；我要苦恼他，我要磨难他；我很高兴。"（第三幕第一场）

歇洛克之所以能成为一个复仇主义的化身，就是因为他有一个激励坚强残忍的天性。他这种天性，当然一半是他那被视为猪狗还不如的民族所遗传给他的，可是一半也是他本身所受的虐待而养成的。他这天性在他的言语里处处表现出来。下面是几段比较显明的：——

有人同他对于安东尼奥的船只的消息，他兴奋的答道："……一个破落户，几乎不敢露头于市上了，一个叫化子，从前在市上多么神气；我只要他执行契约（就是问他要身上一磅肉）：他从前骂我放印子钱；我只要他执行契约；他从前借钱出去，只为耶教式客气，我只要他执行契约。"（第三幕第一场）

"……我要剐他的心，假如他不能还债；因为要是他不在威尼斯，任我如何营利都可以……。"（第三幕第一场）

巴萨尼奥——"干么这般用劲磨刀？"葛劳提阿诺——"去割那破落户的心。"（第四幕第一场）

葛劳提阿诺——"没有什么祈求能够感动你？"

歇洛克——"没有，任你的智慧所造出来的都不能够。（第四幕第一场）

"你假如不能把这借约上面的印章喊叫下来，你叫的这般高声，徒然伤害你的肺叶。补修你的智慧吧，好青年，不然，这就要不可救药的腐坏了。我在这儿只靠法律。"（第四幕第一场）

波西亚——"那末，犹太人就该宽仁为怀了。"

歇洛克——"根据什么强制，我该如此，请告诉我。"

"请进行判决！我赌咒，人的舌头是没有能力能够更变我，我只要求契约的履行。"（第四幕第一场）

歇洛克爱金钱的情欲如此激烈，报仇的意志如此坚强，生性又如此残忍，正与道登所定的悲剧人物的定义相吻合。他的一切都是超过普通标准以上。他要金钱，现实的世界不能充分地让他满足这欲望。他要报仇，现实的世界不能充分地让他残杀。他生性要见别人受苦受磨，现实的世界不能充分让他施展自己残性。这是个再可恶、再可恨没有的人物了。莎翁也有意要把他如此描摹出来的。那时候的社会，这剧里的情节及凭自己良心上的见解都要求莎翁如此写、如此创造。可是莎翁是一个伟大无边，上帝般的天才。这个专是可恶可恨的歇洛克在他光明炯灼的创造神眼内不能成为一个整个的逼真的人物。莎翁的每一个创造都经过两种重要的程序。他拿住一个人或是一件事或是一个情欲或是一个观念在手里时，先把它从各方面考虑一番，拿它与原来相关或是偶然相关的物事比较一番；把他放在适中的环境里面，看出了细的与粗的，诗意的与庸碌的；因此，对于它得着一个丰富雄厚的实在。这个世间与时期的一切实在完全地整个地表现出来了以后，他再拿它放在那宇宙中无穷的有永久性的真理的秤上面衡量一番，看见了有限的（finite）在无限的（infinite）旁边是如何卑小，如何不完全以后，再加上了几笔，才算是创造成了功，才肯撒开自己的手，让他自己去存在。

歇洛克的可恶可恨是他属于世间与时期的真实存在，可是他有他的无穷的有永久性的一方面。他有他的痛苦，他有他的令人流泪的地方。

"只有我自己嘘出来的叹声；只有我自己流出来的眼泪。"（第三幕第一场）人世间有谁与他同情呢？

"我自己的血肉反抗我！"（第三幕第一场）

安东尼奥为什么欺侮他，就只因为是一个犹太人。"一个犹太人岂没有眼睛？一个犹太人岂没有手足、五脏、官能、感情、情欲？岂不是和耶教徒吃一样的食物，受伤于同样的利器，害同样的病，受治于同样的医药，感冷热于同样的冬天与夏天？要是你刺我们，我们不流血？要是你胳肢我们，我们不发笑？要是你毒药我们，我们不死？要是你虐待我们，我们不报仇吗？……"（第三幕第一场）

我们听了这些话，不能不承认他是一个有肉有血，受苦难受委屈的整个生命；虽然是恶他恨他，然也不能不为他掉下两粒相怜泪！